KB215273

신한다. 이번 염규식 시인님의 시집에 담긴 시적 의미는 다양하지만, 누구에게나 낯설지 않게 안착하여 독자의 공감을 불러일으킬 만하다고 하겠다.

염규식 시인님의 시는 난해한 시를 배척하고 독자와 쉽게 호흡할 수 있는 심층적 마력을 지녔다. 염규식 시인의 시 창작의 씨앗을 환희로 다듬고 어루만지며 품기를 반복하여 꽃피운 사랑의 향기는 긴 여운을 남기에 충분하다. 염규식 시인이 품는 사랑은 감성의 촉수에서 발아된 시는 맑고 청아하게 꽃피워 향기가 아늑히 가슴을 에워싼다. 염규식 시인의 시상에는 시의 의미적 요소, 회화적 요소, 음악적 요소로 형성이 되어 독자에게 편안하게 안착이 되기에 염규식 시인의 시를 누구나 좋아하는 이유일 것이다.

염규식 시인님은 얼마전, 「끝나지 않은 인생길」 첫수필집으로 많은 독자의 사랑을 듬뿍 받으시었다. 이번에 연이어 시인의 삶을 용해하여 독창적인 사랑시로 승화시킨 「사랑은 시를 만들고」 제2시집, 상재(上梓)를 살갑게 축하드리며 염규식 시인님의 두 번째 시집을 독자 여러분께 추천하며 많은 사랑을 기대해본다.

대한문인협회 부회장 주응규

"사랑은 시를 만들고 제2집을 발간하면서"

밤은 아침을 이기지 못하고 겨울은 봄을 이기지 못합니다.
불행(不幸)은 행복(幸福)을 이기지 못하고
절망(絶望)은 희망(希望)을 이기지 못합니다.
특히 우리네 삶의 한가운데는 가슴속으로 누구나 사랑을 그리는
고운 마음 하나 갖고 있습니다.

제2집은 사랑을 주제로 한 내용으로 편집하였습니다.
참으로 우리의 삶은 각박한 세상 속에서도 늘 그리워하며 사랑 때문에
웃고 우는 인생인가 합니다. 인간에게 가장 소중한 것들 중에 하나인
사랑하는 마음을 옥동자처럼 품었다가 이제 세상으로 시인이 대변하
여 옮겼습니다.

요즘처럼 시대의 흐름이 광속으로 변한다고 해도 "사랑"이란 단어는
불멸의 단어로 우리의 가슴에 살아남아 우리의 정서와 인격을 바꾸는
우리의 삶의 윤활유가 된다고 봅니다. 부족한 필력으로 발간한
"사랑은 시를 만들고" 2집을 많이 사랑해 주었으면 합니다.

원고를 정리하고 편집에 참여한 대한문인협회 임원 및 출판사에
심심한 감사를 드립니다. 끝으로 이 시집을 사랑하는 통이에게 바칩
니다.

염규식 배상

* 목차

제1부. 사랑은 시를 만들고

제2부. J 에게

* 목차

제3부. 그대 향한 손 편지

제4부. 사랑을 위한 기도

QR코드 스마트폰으로 QR 코드를 스캔하면
시낭송을 감상할 수 있습니다

 본문
시낭송
감상하기

 제목 : 사랑은 시를 만들고
시낭송 : 박영애

 제목 : 당신은 내가 사랑하는 사람입니다
시낭송 : 박영애

 제목 : 상사화
시낭송 : 박영애

 제목 : 겨울밤의 그리움
시낭송 : 박영애

 제목 : 사랑과 외로움
시낭송 : 박영애

 제목 : 사랑의 행복
시낭송 : 박영애

 제목 : 보고 싶은 마음
시낭송 : 박영애

 제목 : 사랑의 불꽃
시낭송 : 박영애

 제목 : 그리움의 강
시낭송 : 박영애

 제목 : 그리움이란 안개꽃
시낭송 : 박영애

 제목 : 그대는 나의 사랑입니다
시낭송 : 박영애

 제목 : 하얀 눈이 내리면
시낭송 : 박영애

 제목 : 사랑이 부르는 행복
시낭송 : 박영애

 제목 : 가시리
시낭송 : 박영애

제목 : 당신이라는 이름
시낭송 : 박영애

 제목 : 내 사랑아
시낭송 : 박영애

 제목 : 당신에게 보내는 눈물 편지
시낭송 : 박영애

 제목 : 사랑이 찾아올 때
시낭송 : 박영애

 제목 : 아름다운 사랑
시낭송 : 박영애

 제목 : 저 별은 너의 별
시낭송 : 박영애

 제목 : 당신을 위해서라면
시낭송 : 박영애

 제목 : 사랑하는 사람아
시낭송 : 박영애

 제목 : 내 사랑에게
시낭송 : 박영애

 제목 : 사랑한다는 한마디
시낭송 : 박영애

 제목 : 사랑의 소통
시낭송 : 박영애

 제목 : 당신에게 보내는 가을 편지
시낭송 : 박영애

시인은 자연을 이야기하고 시낭송가는 자연을 품었다
글자는 날개를 달아 언어로 날고 소리는 자연에 눕는다

제1부. 사랑은 시를 만들고

사랑은 시를 만들고......,

그대에게 하고 싶은 말은
"당신이 최고야 사랑해" 그 한 마디밖에
찾을 수 없었어요

지치고 힘든 세상의 무게에도 오직 나만 보고
슬픈 내 삶 속에 작은 불꽃 하나 심어준 그대
하늘 아래 내가 곁에 있는 것만으로도
행복할 수 있는 그 사람

그렇게 유일하게 날 사랑했던 단 한 사람
세상의 어떤 수식으로도 표현할 수 없는
나를 아껴 주었던 사람 바로 당신입니다.

온 세상이 절망으로 변한다고 하여도
나만은 믿고 긍정으로 보아준 유일한 그대
자신보다 더 나를 끔찍이 사랑해 준 당신

당신을 위해 쓴 사랑의 시는 당신의 가슴속에
별이 되고 보석이 되었습니다
당신은 밤하늘의 찬란한 별이 되고
사랑은 시가 되어 흐릅니다.

 제목 : 사랑은 시를 만들고
시낭송 : 박영애
스마트폰으로 QR 코드를 스캔하면
시낭송을 감상할 수 있습니다

14

그대에게 이런 사람이고 싶습니다.

그대에게 이런 사람이고 싶습니다.
상처 많은 힘든 세상 위로받기 원할 때
그대의 고운 얼굴 미소 짓게 하겠습니다.
그대의 아픈 이야기 조용히 들어주는 위로가 되겠습니다.

그대에게 이런 사람이고 싶습니다.
이른 아침 고이 잠든 그대의 이마 모닝키스를 하여
그대의 고운 얼굴 미소 짓게 하겠습니다.
세상의 어떤 물질보다 당신의 소중한 보석이 되겠습니다.

그대에게 이런 사람이고 싶습니다.
틈만 나면 고운 그대에게 사랑해하고 귓속말을 하여
그대의 고운 얼굴 미소 짓게 하겠습니다.
저녁노을 바라보며 와인 한 잔 나누는 친구가 되겠습니다.

그대에게 이런 사람이고 싶습니다.
아플 때나 즐거울 때 언제라도 당신의 곁에서
그대의 고운 얼굴 미소 짓게 하겠습니다.
그대를 사랑하는 마음이 넘쳐 늘 기쁨의 눈물을 흘리게 하겠습니다.

사랑의 이유

그대 향한 그리운 마음 한 올 한 올 수놓아서
창가에 걸어 두고,
바람에 실린 당신의 향기 내게 오면
그대가 한없이 그리운 날 조금씩 펼치리라

그대 향한 사랑은
내리는 이슬비처럼 가슴을 적시고
영원한 사랑은 없다는 것을 알면서도
날마다 그리움에 아파지면
나는 당신의 포로가 됩니다.

늘 그리움에 목마른 나의 사랑은
구름처럼 바람같이 잡을 수는 없지만
내가 숨 쉬고 살아가는 모든 것이
내가 그대를 사랑하기 위한 단 하나의 이유입니다

아~~ 사랑하는 나의 사랑아!!

오직 그대만이......,

긴 세월 기다림에 지쳐 짙은 안개가 다가서도
오직 그대만을 위한 눈물이었으면 좋겠습니다.
나는 오직 그대만이라면 기다리겠습니다.

그대가 나에게 하는 어떠한 말이라도
설사 싫다는 말 외엔 어떤 언어로 표현해도
나는 행복할 것 같습니다.

내 삶의 긴 여정 속에
오직 그대만의 사랑을 담을 수 있다면
나의 더워진 가슴은 순백의 눈꽃이 되어
그대와의 사랑에 단 한 순간 녹아내리는
첫눈이라도 좋겠습니다.

그대를 그리다가 지친 시간의 흐름 속에서도
단 한 번의 당신의 미소를 그리워하면서
켜켜이 쌓인 외로움은 긴 밤의 역사를 세우고
오직 그대만을 사랑하기에, 나는 그대의 사랑입니다.

당신은 내가 사랑하는 사람입니다

내가 기뻐할 때 같이 웃어 주고
내가 슬퍼할 때 함께 울어준 당신입니다

내가 힘들어할 때 나를 믿어 주고
나에게 힘과 용기를 주는 당신입니다.

모진 세파 절망하며 실망했던 나에게
따뜻한 마음을 주는 당신입니다.

세월이 흘러 저세상에서도 그대가 힘들면
내가 대신 하겠습니다, 당신의 눈물을~

나에게 사랑이 얼마나 귀한 것인지
가르쳐 준 당신이기에~~

나의 삶은 행복합니다, 당신의 그 고운 미소만으로
참으로 당신은 내가 사랑하는 단 한 사람입니다.

제목 : 당신은 내가 사랑하는 사람입니다
시낭송 : 박영애
스마트폰으로 QR 코드를 스캔하면
시낭송을 감상할 수 있습니다

사랑의 약속

그대와의 사랑은
항상 행복에 젖어 있으면 좋겠습니다

그대와의 사랑은
늘 "사랑해" 하는 다정한 말로 기쁨을 주고
모진 말로 상처 주는 일 없었으면 좋겠습니다

그대와의 사랑은
고운 추억만 하나둘 쌓아서
늘 서로를 위해 기도하는 노력을 하겠습니다

그대와의 사랑은
서운함을 가슴에 묻지 않고 소통하여 기쁨은 나누며
서로를 배려하며 살겠습니다

그대와의 사랑은
서로에 대한 지나친 집착을 버리고 존중하며
감사하는 마음으로 살겠습니다

그대와의 사랑은
서로를 소중하게 생각하고 아끼며
세상이 우리 사랑을 힘들게 하여도 변하지 않는
귀한 사랑을 지켜나가겠습니다.

내가 사는 이유

가진 것 없어 나눌 수가 없어도
나의 전부인 그대
오직 당신의 사랑이 내가 사는 이유입니다.

서로 줄 수 있는 것 하나 없어도
그대가 주는 애틋한 사랑의 말 한마디가
나의 에너지가 되고 그 고운 정이
내가 사는 이유입니다.

거친 세파 속에서 의연히 삶을 지키는 것도
내 가슴속에 피어있는 그대의 향기로운 불꽃 하나가
내가 사는 이유입니다.

사랑이란 이름의 따뜻한 가슴으로
내게 속삭이는 당신의 호흡만이
그대와의 행복을 꿈꾸며 살아가는 것이
내가 사는 유일한 삶의 이유입니다.

상사화~

비 오는 하늘 짙은 구름 아래 두려움마저도
그리움에 몸부림치는 숱한 세월의 기다림도
그대의 사랑에 대한 믿음으로 참아 낼 수 있습니다.

싸늘한 겨울바람 휘몰아치는 눈보라에도
보고 싶어 긴 긴 날을 기다리는 외로움도
그대의 사랑에 대한 믿음으로 참을 수가 있습니다.

그리움에 지쳐 어느덧 울컥하는 가슴 저림도
칠흑 같은 어둠 속의 깜깜한 밤에도
오직 돌아온다는 말 한마디로 참을 수가 있습니다.

당신이 주고 간 소중한 사랑의 향기
기다림과 그리움 그리고 그대의 포근한 사랑
그래도 한 몸이기에 아픈 이별을 참을 수 있습니다.

제목 : 상사화
시낭송 : 박영애
스마트폰으로 QR 코드를 스캔하면
시낭송을 감상할 수 있습니다

사랑의 존재

어느새 사랑은 도둑처럼 내게 다가와
폭풍처럼 거센 바람으로 마음을 흔들어 놓고
백신 같은 아픔을 남겨 놓고는 바람처럼 날아갔습니다.

사랑앓이는 죄인인가 봅니다.
시린 가슴 부여안고 잠 못 이루는 날들이 지나고
커다란 상처만 남기고 사랑에 갇힌 수형자가 됩니다.

아무리 두 눈 크게 뜨고 찾아봐도 떠나버린 사랑은
벌판을 달리는 잡히지 않는 바람입니다.
이렇게 진실한 사랑은 없는 것일까
감상에 젖은 자신을 원망해야 소용이 없습니다.

영원한 사랑이 존재하지 않는 것임을
사랑의 진실은 잡을 수가 없는 사막의 신기루 같이
때론 봄바람, 가을바람처럼 같기도 하지만
참으로 유리그릇처럼 다뤄야 하는 것이
사랑이라는 존재가 아닌가!!

갈대의 사랑

울고 있다. 갈대는~
모질게 흔드는 바람의 유혹
또 하나, 기다리고 있다, 태양의 사랑을~

가녀린 몸을 흔들며 한없이 울고 또 울고
태양의 사랑에 고개 숙이고
그리움이 변한 채색된 하늘을 보며
사랑을 기다릴 때가 행복해 보입니다.

새벽이슬을 기다리고, 태양을 기다리고
노을을 기다리며, 어둠 속의 모진 바람을 견디면서
계절의 사이마다 울고 웃는 가슴 시린 이야기도 있다.
너의 긴 기다림은 계절의 아물지 못한 상처를 어루만진다.

이제는 과거가 되어 버린 갈대의 사랑
오직 홀로 견뎌야 하는 계절이기에
부끄러움만 남아있는 너의 모습을 돌려세우고
다시 오는 겨울은 또다시 흔들리는 너를 유혹하고 있다.

겨울밤의 그리움

내 마음에 그리운 한 사람이 있습니다.
혼란한 세상일에 지쳐 낮에는 몰라도
이렇게 바람 불고 차가운 날이면
이 밤 당신이 미치도록 보고 싶습니다.

흘러간 옛사랑의 그림자는 낙엽처럼
내 가슴의 뜰 안에
그리움만을 가득 채우고
무심한 겨울밤은 깊어만 갑니다.

철새들도 해가 지면 옹기종기 모이건만
놓아버린 사랑의 꿈 저 멀리 하늘로 가고
옛사랑의 그림자만이 홀로 웁니다.

이렇게 별빛 흐르는 밤이면
바람에 흩날리는 낙엽 소리는
겨울밤 적막한 그리움만 동거하고 있습니다.

제목 : 겨울밤의 그리움
사상송 : 박영애
스마트폰으로 QR 코드를 스캔하면
사상송을 감상할 수 있습니다

24

사랑은......,

처음 느꼈던 가슴 뜨거운 사랑만이 사랑인 줄만 알았습니다.
하지만 그 사랑보다 더 큰 사랑이 있지요
그냥 보고만 있어도 행복한 사랑 말입니다.

서로 이해하면서 서로 편안해지는 사랑
잔잔한 물결 위에 아침햇살처럼 포근한 사랑도 있지요
가슴 가득 행복함으로 위로를 느낄 수 있는 사랑 말입니다.

시간이 지나면서 잊힌 자리엔 생각나는 사랑
가버린 잊지 못하는 옛사랑에 대한 사랑도 있지요
누구나 한 번쯤 겪을 수 있는 첫사랑 말입니다.

밤새워 그리움과 보고픔에 목말라하는 아픈 사랑
영혼을 할퀴고 육신을 초라하게 하는 사랑도 있지요
시린 가슴 부여안고 잠 못 이루는 그런 사랑 말입니다.

먼 시간이 지나 보니 사랑은 주는 것이라 생각합니다.
받기 위해 몸부림치는 사랑의 순간적인 것보다
서로에 대한 이해와 배려가 묻어 있는 편안함
그런 진정한 사랑 말입니다......,

사랑의 모습

사랑이란 원하지 않는 시기나, 소리 소문도 없이
문득 내게 다가앉아 나의 영혼을 깨우기도 하고
폭풍처럼 다가와 쓸쓸한 바람으로 떠나기도 한다.

그리움의 부피가 점점 커지면
외로움이라는 이름으로 내게 다가오고
시린 가슴으로 방황의 모습으로 나타나기도 한다.

같이 있으나 멀어져 있어도, 헤어져 있어도
각기 다른 모습으로 변신하여 나타나지만
사랑이 하고 싶다고 해지고, 하기 싫다고 안 해지는 것인가
사랑은 바람처럼 왔다가 바람처럼 가는 것 .

사랑을 느낄 때는 행복을 주고
나의 곁을 떠날 때는 슬픔이 따라오는 것이 사랑인가
사랑이 이런 것이다, 라고 말할 수는 없어도
어떤 사랑이던 사랑의 존재 없이는 살 수 없는 것

사랑을 느낄 수가 있고
행복을 느낄 수 있는 사랑이라면
폭풍같이 뜨거운 사랑이든 아픈 사랑이든
그 사랑의 축복을 받고 싶다.

사랑과 외로움

사랑은 나의 눈을 멀게 하고
흐르는 바람처럼 내게 다가와 내 영혼을 훔쳐서
때로는 외로움에 애타는 목마른 꿀물처럼 다가온다

사랑은 외로움을 먼저 주고
살며시 다가와 내 가슴에 자리한다

그리고 사랑은 하얀 눈이 되어
언젠가 흔적 없이 사라지기도 한다

외로움은 사랑을 찾아 헤매고 사랑이 다가오면
그리움이란 이름으로 또다시 외로움으로 다가온다

사랑은 외로움이란 징검다리로 내게 오지만
징검다리 사랑은 슬프고, 외로움은 길어지기만 한다

외로움의 징검다리를 지나서
먼 내일이 아닌 사랑을 찾을 수 있다면~

가슴 시린 외로움도 마른 고목의 그림자처럼
외로움의 빛살을 뿌린다 해도 사랑은 기다려진다.

 제목 : 사랑과 외로움
시낭송 : 박영애
스마트폰으로 QR 코드를 스캔하면
시낭송을 감상할 수 있습니다

사랑이 여기 있는데

사랑이 여기에 있는데
날 떠나지 마요
기다린 만큼 날 슬프게 하지 말아요.

그대는 나의 보석 같은 존재
내 곁에 있어요.
가슴 시린 기다림도 당신이 있기에 참을 수가 있어요.

눈물이 나게 보고픈 사람
나에게는 꼭 당신이어야 합니다.
당신밖에 없어요.

나의 사랑 하나로 부족하나요.
이처럼 기다릴 수 있는 것도
오직 당신이기에 참을 수가 있어요

그대 돌아올 수 없다면
슬픔의 하늘 나르는 한 마리의 물새 되어
그대 품에 안기리라.

사랑해......,

사랑해~ 당신을 죽도록 사랑해~

떠도는 구름 사이에도, 당신 모습이~
흐르는 바람 소리에도 당신의 목소리~
꿈인 듯 눈을 감고 사랑에 젖네요.

당신께 달려가고 싶은 마음에
눈물을 흘리며 망설이고 있지만
나의 빈 가슴은 온통 당신의 그리움

사랑보다 더 짙은 기다림에
그리워하면 더욱 그리워지는 사랑이기에
당신이 내 곁에 멀리 떨어져 있어도
내 마음엔 이미 당신의 사랑이 자라고 있으니

당신의 모습과 음성을 느끼며
바람 불고 비 내리는 슬픈 밤
내 곁에 머물 수 없는 당신이지만
당신의 모습을 그리워하는 것만으로
나는 행복합니다. 사랑해요......,

이별노래

그대는 내게 파도의 열정과 사랑을 심었습니다.
나는 파도에 쓰러지고 당신의 포로가 되었습니다.
잔잔해진 파도는 나에게 멀어져 갔습니다.

책갈피의 단풍잎처럼 가슴 한 편에 간직해 둔
오색 빛 추억은 언제나 당신을 아름답고
사랑스러운 사람으로 기억하겠습니다.

그대가 주고 간 이 외로움은 아프고 또 아프지만
사랑에 서투른 나만의 아픔으로 간직하렵니다.
지난 추억은 다시 색칠할 수 없지만
다시 곱게 포장해서 내 가슴에 간직합니다.

그것은 가장 소중한 선물이니까요, 내가 살아 있는 동안......,

사랑을 위하여

사랑을 찾는 길 어디로 가야 하는지
알 수도 없는 길 물을 수도 없는 길입니다

사랑을 해보지 않고 이별의 아픔 없이
알 수 없는 길이요
진정한 사랑을 해보지 않고는 찾지 못하는 길입이다.

그대에게 가는 길 걸음마다 눈물이고 아픔이어도
사랑으로, 그리움으로 찾는 길인 것을

사랑 찾는 그 길이 못나 보여도 초라해 보여도
찾을 수만 있다면 행복인 것을......,

사랑을 찾는 길 어디로 가야 하는지

알 수도 없는 길 물을 수도 없는 길이다

사랑을 찾아 돌아올 수 없는 세월의 강을 지난다 해도
진정한 사랑을 해보지 않고는 찾지 못하는 길이다.

사랑의 그리움에 한 걸음 한 걸음
누가 만든 길인지 알 수 없어도 사랑을 찾기 위하여......,

사랑의 행복

당신의 사랑을 얻은 것이
얼마나 행복이었는지 몰랐습니다.

나의 부족함과 상처, 슬픔, 그리고
어떤 초라한 모양도 감싸준
당신은 사랑의 전령사였습니다.

수많은 밤을 그대 생각으로 깊어지는 하얀 밤
그저 그리움에 가슴 시리는 모든 것도
그대 사랑의 깊이에 미치지 못합니다.

내가 세상에 태어나 그대를 알고부터
당신의 그윽한 사랑의 벅찬 부름에
그대를 알았고 사랑을 알았습니다.

이렇게도 사랑이란 것이 예쁜 것인지
오늘도 내 가슴으로 밀려오는 감동은 무엇인지
이것이 행복이고 사랑이란 것이겠지요.

제목 : 사랑의 행복
시낭송 : 박영애
스마트폰으로 QR 코드를 스캔하면
시낭송을 감상할 수 있습니다

33

보고 싶은 마음

밤새 내리던 눈발이 그치면
나는 또다시 내리는 햇살로 변신하여
그대 창가에 다가서 따뜻이 감싸주고 싶습니다.

그대 창가에 포근한 볕이 들거든
기나긴 밤 가슴 태우며 한 자 한 자 띄워 보낸
그리움으로 알아주었으면 좋겠습니다.

당신을 이토록 사랑하면서도
가슴 한 편 외로움을 채워줄 수 있는
그런 사랑이 필요하기에

그냥 내가 주는 사랑받기만 하면 되는데
그냥 내가 건네는 손만 잡으면 되는데
그대는 그렇게도 힘이 드는 건가요.
진정 이것이 나 혼자만의 욕심인가요?

하얀 눈 내리는 겨울이 지나고
또 꽃이 피고 낙엽 지고 긴 세월을 나 홀로
어떻게 기다려야 한단 말인가요?
사랑은 기다림이라고 하였던가요.

사랑을 하면 행복하고 외로움도 없을 줄 알았는데......

제목 : 보고 싶은 마음
시낭송 : 박영애
스마트폰으로 QR 코드를 스캔하면
시낭송을 감상할 수 있습니다

34

사랑의 불꽃

그리움에, 외로움에, 사랑에 지친
당신의 가슴에 나의 눈물로 만들어진
사랑의 불꽃 하나 피우고 싶습니다.

그대 닫힌 가슴의 문을 열어줄
소리 없이 타는 작은 불꽃이 되렵니다.

상처 받은 그대의 시린 영혼에
따뜻한 사랑의 불꽃이 되고 싶습니다.

가슴에 응어리 녹이고 마음을 밝히는
사랑의 불을 지피고 싶습니다.

당신을 사랑하는 이 마음
나의 그리움, 사랑으로
당신의 외로움을 지울 수 있다면......,

타고 또 타서 재가 되어도, 눈물이 되어도
그대가 나의 사랑 안을 수 있다면
그대의 가슴에 따뜻이 타오르는 불꽃이 되겠습니다.

제목 : 사랑의 불꽃
시낭송 : 박영애
스마트폰으로 QR 코드를 스캔하면
시낭송을 감상할 수 있습니다

옛사랑~

별빛 흐르는 적막한 밤이면
밤하늘에 떠다닙니다, 추억에 들떠서~
그대를 그리워하는 추억은 아름다운 것이 아니라
가슴 저리게 하는 아픔입니다

아직도 사라지지 않는 연민 속에서
어느덧 따라오는 그림자 하나
당신 향한 그리움, 넘치는 파도처럼 다가오고
지우려 할수록 그리움의 추억만 키우고 있습니다

잊지 못하고, 잠들지 못한 하얀 밤을 꼬박 새우고
다시금 그리움의 수를 놓으면
흐르는 별빛 속에 차가운 바람만이
텅 빈 나의 가슴에 외로움이란 이름으로 자리합니다

그리움에 지친 내 영혼이 아무리 고달프다고 해도
그대가 주었던 추억만이, 이 하얀 밤 속에~
저만치 그림자 되어 앉아 있습니다
이 밤도 가슴 설레는 아련히 밀려오는 그리움

오늘도 그대의 옛 모습을 안고 그냥 울어버렸습니다.

그리움의 강

기다림의 눈물 젖은 세월의 뒤안길에
속없이 기다리고 기다린 추억의 미련에
그리움의 강 속에서 오늘도 너를 찾아 헤맨다.

그대를 사랑하면 할수록
그대를 그리워하면 그리워할수록
내 가슴 깊은 곳 밀려오는 허전함은
나의 의지로 밀어낼 수가 없다.

보고 싶은 사랑아!
그리운 내 사랑아!

안타깝게 하루 이틀이 지나는 세월 앞에
나는 멀리서 가슴속, 접어놓은 그리움 하나 들고
속절없는 속울음만 흐느끼고 있겠지

먼 훗날 그대를 만날 때 나를 알지 못해도
그대 앞에 흐르는 그리움의 강물 앞에 나를 부르면
나는 하나의 쪽배 되어 그대를 찾으리.~

 제목 : 그리움의 강
시낭송 : 박영애
스마트폰으로 QR 코드를 스캔하면
시낭송을 감상할 수 있습니다.

당신은 내 마음 아시나요?

말 못 할 비밀이 있어요, 나의 마음 한 편에

나는 말할 수가 없어요.
가슴을 짓누르는 그대 향한 그리움의 무게가
이렇게 무거울 줄 몰랐어요.

먼발치 그리움에 가슴 태우며 다가서고 싶지만
당신을 그리워함에도, 무언으로 침묵하는 자신이
참으로 날 슬프게 합니다.

당신을 그리워하면서 수없이 되풀이하는 말
그대를 사랑합니다, 그리고 많이 사랑합니다.
나를 어찌 생각할까 하는 고백에 대한 두려움입니다.

이 밤도 그대 향한 그리움에 긴 긴 밤
날마다 수척해 가는 나의 그리움을 토닥이며
언젠가 꼭 당신에게 할 말은
당신을 죽을 만큼 많이 사랑한다고…….,

그 사람은......,

죽어가는 화초를 보고
안타깝게 살리려고 애쓰는 사람

노을을 보며 탄성을 지르며
어린애처럼 좋아하는 사람

잘했다고 칭찬하면
그냥 작은 미소로 넘기는 사람

슬퍼하며 아파할 때
내 눈물을 닦아주며 같이 아파하는 사람

내 옆에만 있으면 세상을 다 가진 것 같이
뿌듯하고 든든한 사람

매일 출퇴근 때 부끄러워 귓속말로
"사랑해"라고 말해주는 정이 많은 사람

그 사람은 내가 사랑하는 사람입니다~~

아름다운 사람

당신이 너무 그리워 보고 싶습니다.
가슴속 설렘은 당신을 기다리는 마음
그대는 봄꽃 같은 향기로 다가오는 그런 사람입니다

만나면 늘 편안과 위로를 주는
당신은 내가 호흡하는 공기 같은 존재입니다

세상의 거친 삶의 현장에서 늘 의연한 당신은
언제나 배려와 사랑으로 마음이 따뜻한 사람입니다

슬픈 음악을 들으면 눈물 글썽이는 당신은
진정 마음 착한 그런 사람입니다

항상 봄바람 같은 포근하고 넉넉한 미소를 내게 주는 사람
바로 당신입니다.

그대여! 기다림이 너무 길지 않으면 좋겠습니다
아무리 먼 곳에 있어도 달려가고 싶은 사람
바로 당신입니다

당신은 참으로 내가 사랑하는 아름다운 사람입니다.

겨울밤에~

겨울밤이면 유독 생각나는 한 사람 있습니다.
삶이 왜 이리 공허해지는지 모르겠습니다.
싸늘한 바람이 불고 어두운 밤하늘을 보면
괜스레 마음이 쓸쓸해지는 시간입니다

추억으로 흘러간 세월들은 말이 없고
아무 일 없었다는 듯 망각하고 싶지만
마음 깊이 새겨진 당신이라는 흔적은
쉬 떨칠 수가 없습니다

서로가 그리워했고 뜨겁게 사랑했고
미련 없이 헤어진 세월이었지만
가슴 한 편에 깊게 자리한 당신과의 추억은
흘러가는 시간 속에 더 큰 그리움으로 자리합니다

때로는 미운 마음이 들 때도 있지만 돌아오면 받아주고 싶은~
실상은 그대를 많이 사랑했던 모양입니다
이 겨울밤 홀로 밤길을 거니는 내 가슴에는
싸늘한 바람 타고 희뿌연 안개만이 흐르고 있습니다.

그리움이란 안개꽃.

그대를 사랑하는 것이
지치고 힘든 내 삶에 가뭄에 내리는 비였다면
그대와 헤어짐이
밤하늘 찬란한 별빛이 구름에 가리듯이
남는 것, 가슴 한가득 짙은 안개뿐이었습니다

그냥 멀리서 바라만 볼 수 있어도 행복한 그대입니다
긴 세월 날마다 피고 지는 안개꽃처럼
그리움이 얼마나 피고 지는지 알 수 없으나
그대를 만난 후 또 하나의 안개꽃을 피우려 합니다

사랑을 하고 싶다고 누구나 사랑을
할 수 있는 것도 아니지만
어느 날 갑자기 외로움에 젖은 나에게
갑자기 가슴을 흔들어 놓고 떠나버리는 소낙비인 것을~

사랑은 그리움과 외로움의 아픔 없이 얻을 수 있는 것이 아니고
사랑은 의심하는 순간 안개처럼 사라지는 것이지만
헤어져 멀리 있어도 그리움 하나로 그대를 믿고 사랑하며
나는 먼 발치에서 또 하나의 그리움의 안개꽃을 피우려 합니다.

제목 : 그리움이란 안개꽃
시낭송 : 박영애
스마트폰으로 QR 코드를 스캔하면
시낭송을 감상할 수 있습니다

사랑을 하려면

그대가 웃어주는 눈빛에, 그리고
그대가 건네는 다정한 한 마디에도
행복을 느끼겠습니다

사랑한다고 하여서 집착을 한다면
그 사람이 부담스러워할 수도 있으니
그냥 바라보는 것으로 사랑을 느끼겠습니다

그대가 나를 느낄 수 있을 때까지
그대와 같은 하늘 아래서, 같은 공기 마시며
언제든 기다리며 인내하겠습니다

사랑에 보상을 바란다면 그것은 사랑이 아니라
거래에 불과하고
마음으로 사랑하지 않은 것입니다

내가 그대를 진정으로 사랑하는 것이라면
그대가 어떤 모습으로 다가와도,
그 자체만으로 사랑할 수 있는 마음으로
당신을 바라보겠습니다.

제2부。J 에게

J 에게~

　　J 에게!
당신을 사랑하며 쌓여온 기억들 이젠 보내려 합니다
소복하게 쌓이는 눈처럼 쌓인 기억들도
바람에 날려 떨어지는 낙엽의 쓸쓸함까지도
가슴에 모두 묻으려 합니다

그대와 거닐던 공원의 벤치도
가을 지나 겨울의 문턱에서 시절마다 그리운 추억도
당신을 보내야 하는 가슴 아픈 기억까지
흐르는 바람 속으로 보내려 합니다

　　J 에게!
당신이 내게 남겨진 수많은 추억들은
이젠 내게 알알이 상처가 되어
세월이 가면 갈수록 상처가 덧나기 때문입니다
아플 만큼 아파보고 슬플 만큼 슬퍼해 봐도
당신은 오지 않을 것, 아니 못 오기 때문입니다

겨울날 내리는 하얀 꽃송이 속에
당신과의 사랑의 기억들을 살포시 묻어두고
행여나 꽃 피는 봄, 사랑의 싹을 피울 수 있을 때까지
이제 그만 그대를 잊으려 합니다……,

46

마음의 백신

춥고 흑암이 날뛰는 세상 속에서
따뜻한 봄날이 되기 위해
포근한 나의 마음을 풀겠습니다

힘들어 상처 입은 마음에 다가가
그대의 손을 잡아 주겠습니다.
새봄이 어서 와 그대의 시린 마음을
녹여줄 꽃이 피었으면 좋겠습니다

세상이 온통 어둡고 정이 메말라가는 세상
그대와 눈을 맞추고 그대의 마음에
사랑의 꽃 피우게 내 마음의 온기를 드리겠습니다

그대! 힘들어 마시고 내 손을 잡으시고
내 마음을 받으소서
또한 그 사랑이 당신의 손과 마음을 통해
다른 이에게도 따뜻한 마음으로 전달되면
더욱 좋겠습니다.

그리움이 다할 때

너를 사랑한다는 것이
때로는 외롭기도 하지만
이렇게 즐겁고 행복한 줄 몰랐어

하루 종일 일하다가도
뜬금없이 생각하며 웃어버리는
바보가 된 기분이야~

같이 있으면 그냥 행복하고
떨어져 있으면 그냥 외로움에 두려워
그리움이 다할 때 사랑을 하면 그냥 행복하고
멀어지면 외롭고 슬퍼지는 것이 사랑이런가

만나면 좋아서 행복하고 헤어지면
그리움에 또다시 외로워서 보고 싶은 것은
그리움이 사랑이고 사랑이 그리움인 것을......,

이것이 사랑이라면

차가운 바람이 귀밑을 스치는 계절보다
내 마음에서부터 추운 겨울이 왔을 때
내 가슴에 작은 촛불 하나 심어준 사람
이것이 사랑이라면 기다릴 수가 있습니다

이것이 사랑인 줄 알 수가 없어도
자꾸 보고 싶고 그 사람을 생각하면
괜히 좋아지고 바보가 되는 것 같아요
이것이 사랑이라면 기다릴 수가 있습니다

그 사람을 볼 때마다 모르는 척하려 해도
괜스레 내 가슴을 두근거리고 설레게 하는
단 한 번의 미소가 기다려지는 사람
이것이 사랑이라면 기다릴 수가 있습니다

그 사람을 좋아해서 기다림으로 아파하고
멀리서 바라만 볼 수 있는 사랑이라도 먼 훗날
그 사람을 사랑할 수 있다면 기다릴 수가 있습니다
결국 이것이 사랑이라는 것이겠지요.

그대는 나의 사랑입니다

나 홀로 그리움에 외로워 눈을 감으면
가을 햇살 같은 눈빛으로
소리 없이 내게 다가와 포근한 마음으로
파고드는 사랑스러운 당신입니다

자주 볼 수 없는 안타까움에 서러움이 앞서도
그대의 고운 작은 미소 하나만으로도
애태우는 마음 녹아내려 행복해지는 내 사랑입니다

세상 무엇으로 바꿀 수 없는 소중한 그대는
나의 피난처이고 영원한 사랑입니다
내가 즐거울 때나 슬플 때나
언제나 같이 웃고 같이 울던 내 사랑입니다

이 세상에는 사랑처럼 아름답지만, 힘든 것이 있을까
사랑은 긴 겨울밤에 만나는 봄 햇살과 같은 것
진정한 사랑을 원하는 나의 가슴에 언제나
말없이 지켜보아 주는 그대가 고귀한 사랑입니다

나의 생을 마칠 때까지
오직 당신 하나만을 위한 사랑이고 싶습니다.

제목 : 그대는 나의 사랑입니다
시낭송 : 박영애
스마트폰으로 QR 코드를 스캔하면
시낭송을 감상할 수 있습니다

하얀 눈이 내리면~~

소복소복 내리는 소리마저 아름다운 지금
하얀 눈꽃의 향에 젖어 당신을 생각합니다

당신의 음성을 기억하며
당신의 체온을 느끼며

지금 하얀 눈 내리는 슬픈 날
당신의 그리움에 가만히 불러봅니다

하얀 눈 내리는 겨울의 기나긴 밤
당신의 따뜻한 손길을 기억하며

내리는 눈을 맞으면서
당신과 추억을 생각하며 그대와 함께합니다

지금. 내 곁에 머물 수 없는 당신
긴 그리움에 정복당해 꿈속이라도
그대의 목소리를 그려봅니다.

제목 : 하얀 눈이 내리면
시낭송 : 박영애
스마트폰으로 QR 코드를 스캔하면
시낭송을 감상할 수 있습니다

잘 사는 것

누군가를 위해 뭔가를 주는 것보다
기대고 싶은 것이 심리인가 보다
살면서 받은 감사를 한여름 그늘이 되어 주면
참으로 좋겠습니다

모든 것을 내가 그리는 그림에 맞추지 않았던가
수없이 계산하고 이기적이지 않았는지
내가 기대고 싶은 것은 당신도 기대고 싶을 것인데
좀 더 내려앉았으면 참으로 좋겠습니다

세월이 흐르고 나이가 차면 풀고 나누어야 하건만
억지로 안 되는 것이 있습니다.
그것을 인정하고 숙성되기를 기다릴 줄 알면
참으로 좋겠습니다

당신을 인정하고 나를 비우는 것 참으로 어렵습니다.
하지만 살다 보면 내 뜻대로 되는 일이 얼마나 있을까
오늘을 통해 삶을 배우고 내일 위한 지혜를 찾으렵니다.

흐르는 세월이 아름다움으로 비칠 수 있도록 사는 것
이것이 잘 사는 것이 아닐까요.......

그리운 나의 어머니

눈을 감아도 떠오르는 사랑하는 나의 어머니
삶에 지친 내 영혼을 달래 줄 누구도 대신할 수 없는
당신의 빈자리는 하늘만큼 큰데
이제 다시 당신을 뵐 수 있는 날이 없습니다

무심한 세월에 어느새 속절없이 늙으시고
홀로 먼 길 마다하지 않고 외로이 가셨습니다
힘든 삶의 회한과 외로움에 긴 밤 지새우시며
속울음 삼키는 뜨거운 아픔을 보았습니다

일평생을 자식 위한 기도의 따스한 불씨로
당신 몸 하나 희생하며 살아오신 어머니
당신 일생의 한 많은 삶은
한 겨울 서리만큼이나 시리고 아프셨겠지요

오늘도 눈 오는 하얀 밤, 그리운 엄마 불러봅니다
보고 싶은 내 어머니 많이 사랑합니다.

슬픈 사랑

그냥 바라만 볼 수밖에 없고 보내야 할 사랑이지만
내겐 너무나 소중하고 애틋한 사랑이기에
더욱 애절하고 그립습니다

더 이상 다가설 수가 없는 슬픈 사랑이지만
서로의 마음속에 피어나는 사랑을
서로 느낄 수가 있다면 나는 행복합니다

이제는 그대를 놓으려 해도
내가 없는 당신의 아픔을 생각하면
그대가 너무 가여워 가슴이 저리고 눈물만 흐릅니다

하늘이여!
어찌 우리 사랑이 이렇게도 가혹합니까?
이제 그만 그대를 만나서 사랑한 것 행복으로 여기고
보내 드리겠습니다

먼 훗날 아픈 추억으로 사랑의 상처가 아물 때까지
그대를 향한 그리움을 놓겠습니다.
참으로 그대를 진정 사랑했기 때문에......,

사랑 그 이후

그대를 사랑하면서 아름다운 길이 있듯이
눈에 보이지 않는 가시밭길
그대와 나를 기다리고 있을지 모릅니다

하지만 그 길은 가고 싶으면 가고
가기 싫으면 안 가는 길이 아닌 사랑의 길입니다
험하다고 운명의 길이 아니라고 돌이킬 수 없는
사랑의 길입니다

당신을 처음 만나 가슴 설렘을 가지게 되고
사랑과 행복이 다가올 것 같았습니다
그러나 사랑은 늘 그리움과 행복만 있는 것이
아니라는 것을 너무 늦게 알았습니다.

하지만 세상이 우리를 참으로 힘들게 하여도
그리움, 고독이 다가와도 그것이 사랑이라는 것을 알 때
기쁨으로 받아들일 수가 있었습니다

때로는 긴 기다림으로 사랑의 집착이 될 수가 있어도
그 기다림이 사랑이라서 그대를 기다릴 수가 있습니다
그대 향한 그리움, 외로움은 사랑에 대한 봄날의 무지개를 찾는
나의 희망입니다.

알고 있나요?

그대는 알고 있나요
내 삶의 모든 환경에서도
당신은 나의 가장 소중한 보물인 것을

내가 날마다 얼마나 당신을 사랑하는지
그대의 숨소리 하나라도 얼마나 사랑하는지
당신과 함께한 일 초라도 모든 것을 내 가슴에
담아두는 것 그대는 알고 있나요

그대는 알지 못할 것입니다
당신의 미소 하나까지 내 가슴에 담아두는
내 사랑의 깊은 뜻을 언젠가는 그대도 알겠죠

그대가 떠나든 내가 떠나든 언젠가
혼자 가야만 할 길 걸을 때 그 사랑이 무거워
가슴이 터진다 해도 다음 세상 고이 안고 가리다.

사랑이 부르는 행복

그대를 처음 본 순간
나는 당신의 사람인 것을 확신했습니다
내가 좋아하는 것보다
그대가 원하는 것에 마음이 더 쏠렸습니다

언제인지 몰라도 내가 좋아하는 발라드가 아닌
그대가 좋아하는 트로트를 즐깁니다
이것이 사랑이고 행복을 찾는 건가요

조금씩 닮아가는 나 자신이 이상해졌지만
당신을 사랑할수록 내가 당신이 되어갑니다
내가 좀 더 당신을 사랑하는 것 같아도 싫지는 않습니다

언젠가는 그대도 나에게 맞추어 올 그날을 기대합니다
그대가 아니고 내가 아닌 둘이서 한 곳을 보며 사는 것이
사랑의 행복이라 확신합니다.

제목 : 사랑이 부르는 행복
사랑송 : 박영애
스마트폰으로 QR 코드를 스캔하면
사랑송을 감상할 수 있습니다

그대 사랑으로만

오직 그대 사랑만이
내 가슴에 설렘을 남겼습니다.

당신의 사랑은 내리는 봄비의 촉촉함 같이
내 가슴을 두근거리게 하였습니다

오직 나를 원하는 솔직한 사랑만이
가슴에 울려 나오는 진심의 고백에 반하였습니다

오직 그대 사랑만이
나의 기쁨이었고 나의 위로였습니다

당신 없는 시간은 한숨과 눈물의 세월이었습니다.
오직 당신만이 나의 눈물을 닦을 수 있습니다

긴긴날 켜켜이 쌓아둔 눈물 빛 그리움이
어느 세월 앞에서도
아름답게 빛나는 사랑 되어 지키렵니다

당신만을 사랑하는 이 가슴은
오직 당신의 사랑을 담기 위한 빈 가슴이 되겠습니다.

그 이름이여~

영원히 내 가슴에 남아있는 그 이름이여
가슴이 타고 또 타고 재가 된 이름이여

사랑한다고 목메어 부를 그 이름이여
끝까지 사랑한다고 부르지 못한 그 이름이여

잡으려면 자꾸만 멀어지고 애태우는 그대 향한 그리움~
미련을 놓지 못해 마음 졸이는 그 이름입니다

익숙하지 못한 내 사랑의 외로움 속에서
이미 내 가슴에 들어온 그 이름입니다.

오늘도 멀리서 보아야 하는 당신의 마음 한 편에
한없는 그리움으로 맴돌고 있습니다

이제 밤새 보고픔이 변해 눈물로 되어
그 그리움이 가슴으로 웁니다.

그리운 당신

언제 어디서든
내 손을 잡고 함께
걸어줄 수 있다고 믿었던 당신.

몸은 비록 멀리 떨어져 있어도
우리 사랑만은 함께 일거라 믿었습니다

영원할 것 같은 우리 사랑이 지금은
지나간 추억 속에 묻혀 버렸습니다.

깊은 밤 지나가는 바람 소리에 흔들리는
적막함과 외로움은 옛사랑의 그리움입니다

당신이 주고 간 그리움은
차곡차곡 나의 가슴에 담았습니다

언제라도 부르면 다가올 것 같은 당신이었기에
이 밤 그리움이 외로움으로 겹치면 하나 둘
가슴을 열어봅니다.

오직 당신이기 때문에

그리움에 보고 싶어, 또 보고 싶고
두근거리는 가슴을 쓸어안고서
모든 것 다 주어도 아깝지 않은 당신이기에
그리워하고 또 그리워합니다

내 가슴에 이렇게 파동 치는 그리움을
당신의 포근한 가슴에 안겨 전하고 싶습니다.
언제일까요 당신의 따뜻한 가슴에 안길 날이

언제나 당신의 가슴에서 외로움의 차디찬 눈물이 아닌
따뜻한 행복의 사랑의 눈물을 흘릴 수가 있을까요
보고 싶습니다~ 참으로 그립습니다

당신에 대한 그리움이 눈물로 채워
해소될 수 있다면 밤새워 울겠습니다.
오직 당신이기 때문에 나는 그리움에 웁니다.

사랑의 기도

나는 사랑의 병에 걸렸습니다.
그대의 사랑을 얻기 위해 기도를 올립니다.

기나긴 밤 외로움에 길들이던 시간마다
당신을 향해 나아가는 그리움은 끝이 없습니다.

나의 마음 안에는 사랑의 싹이 자라고 있습니다.
그대 사랑함으로 눈물로 보낸 세월은 강을 이루고

내가 그대에게 바치는 사랑은 참으로 진정과 진실입니다.
아! 이 그리움 당신은 아십니까?

그대와 사랑을 나누었던 공원의 빈 의자는
초조와 설렘을 먹고사는 기다림만 나의 옆에 앉아있네요.

보고 싶어 참으로 그리워서 간절히 기도하오니
하늘이여! 그 사람 내게 주소서 영원히 사랑하겠습니다.

행복한 사람

눈에 넣어도 아프지 않고
모든 것을 다 주고 싶은 사람은
사랑하는 사람이기 때문입니다

그대와 나의 삶이 얽혀
세상이 우리를 힘들게 하여도
참고 견디는 이유는
사랑하는 사람이기 때문입니다

당신이 나를, 내가 당신을 그리워하고
간절히 보고 싶은 것도
사랑하는 사람이기 때문입니다

때로는 서운하게도, 슬픔을 줄 때도
말 한마디에 다 녹아드는 것도
사랑하는 사람이기 때문입니다.

작은 기쁨 하나도 서로 소통하여
같이 기뻐하며 한 곳을 바라보며 가치를 발견하는
그대와 나는 사랑하는 사람이기 때문입니다.

사랑을 하는 그대와 나는 참으로 행복한 사람입니다.

그리움 하나

하루를 달려온 태양조차도 서산 아래 수줍어하고
지친 노을은 물들어 바다에 누워 버리지만
같은 하늘 아래 함께 숨 쉬고, 바라보는 것을
사랑이라 생각하였는데......,

그대가 옆에 있을 때는 몰랐지만 그대 없는 지금은
당신과 함께한 시간이 얼마나 행복했었는지
당신의 소중함을 더욱 깨닫게 합니다

스스로 떠나가는 시간을 잡을 수 없는 것처럼
가슴에 가라앉은 고독 또한 내칠 수 없는 것을
이제야 비로소 알았습니다

사랑은 한없이 아낌없이 오직 한 사람을 위해서
모든 것을 주어야 하는 것을 늦게야 알았습니다
미안하고 고맙다는 말도 하지 못한 때늦은 후회입니다

수많은 날들 가운데 오직 당신만을 생각하고
그리워하는 것 이것이 사랑인 줄 이제야 알았습니다
오늘은 당신이 너무 그리워 눈물이 납니다.

나는 눈이 되어서라도

이렇게 사륵사륵 눈 내리는 밤이면
그대의 고운 숨소리 같은 귓속에 소곤대는 사랑 눈

곱게 숨죽이고 내려도 내 가슴에만 크게만 들리는
이루지 못한 사랑의 추억 부르짖음

이렇게 눈치 없이 눈이 부질없이 내리면
나는 당신을 그리워하며 하얀 눈이 되고야 만다

눈이 내리면 너를 떠올릴 수 있고 볼 수 있는
나는 눈이 되어 당신을 찾는다.

그리움이 슬픔으로 변해 내리는 눈 위에
살며시 밟아보는 또다시 속삭이는 추억의 발자취

온 누리에 내리는 눈바람 속에 날아가
당신을 볼 수 있다면 나는 눈이 되어서라도......,

사랑이란~

사랑이란~

그리움이 가슴으로 솟구치는 뜨거움이 있어야 합니다
멀리 있어도 늘 가슴 가득히 그리움을 느끼는 사람

내 모든 부족함을 덮어주고 작은 슬픔 하나까지도
다 사랑해 줄 한 사람

기쁠 때 당신 하나만을 생각하며 웃을 수 있는
어느 곳에 있어도 한시라도 잊지 못하는 그리운 사람

사랑이란~

이 세상에서 너무 흔한 말일지라도
그리운 사람, 보고 싶은 사람이 사랑입니다

힘겹고 어려운 상황 속에서 나의 눈물을 닦아주고
즐거울 때 같이 웃을 수 있는 그런 사랑 말입니다

멀리 있어도 서로 사랑하기 때문에
늘 곁에 있다는 느낌을 주는 그런 사랑 말입니다.

미워도 사랑하는 당신에게

사랑하는 당신의 행복이라면
행복을 찾아가는 당신을 보내드리겠습니다
행복한 당신을 구속하고 싶지 않습니다

당신이 행복할 수만 있다면
그리워지고 보고 싶고 또 보고 싶지만
미워하지 않겠습니다

당신이 아름다운 행복의 탑을 쌓을 수 있도록
매일 그리고 하루하루
나는 당신을 위한 기도의 탑을 쌓겠습니다

아직도 절실한 그리움이 가슴 한편에 젖어 있어도
그저 멀리서 당신의 행복을 지켜보는 것도
내게는 행복입니다

당신도 아프겠지만 사랑의 이치가 그리하건대
조금 더 사랑하는 사람이 더 아픈 것을요
오늘도 그대 생각에 행복을 빌어주면서
빈 하늘만 쳐다봅니다……,

세상에서 가장 소중한 말

당신을 위한 나의 소중한 말이 있습니다.
그것은 내가 당신에게 드리는 나의 전부입니다
나는 당신에게 영원히 사랑한다고 말하고 싶습니다

그대를 사랑한다고 고백을 못해도
그대는 이 세상 단 하나뿐인 보석 같은 나의 사랑
당신만을 소중하게 생각하는 마음만 가득합니다

언제인가 나의 가슴에는 그대와 함께할 수만 있다면
뭐든지 할 수가 있다는 사랑의 용기가 샘솟고 있습니다
그것은 당신이 오직 내 사랑이기 때문입니다

내가 이 세상에서 가장 사랑하는 사람은 당신이며
당신에게 바치는 나의 가장 소중한 말은
당신을 사랑한다는 것입니다

사랑의 아픔

사랑이 이토록 나의 가슴을 시리게 할 줄은~
그대로 인해 이렇게 슬퍼할 줄 몰랐습니다

그대가 나의 곁에 멀어질 때 서러움에
그대의 사랑 그리고 그리움에서 멀어지는
서러움에 흐르는 눈물은 가슴의 눈물입니다

당신이 그리워 밤새워 몸부림치며 외로움에 젖어도
내 마음속에 피어나는 무지개처럼 만질 수 없고
다가갈 수 없는 당신입니다

하지만 그대를 너무도 사랑하기에 미워할 수 없는
나에게 바람처럼 스쳐 가는 당신은
나의 운명 같은 사랑입니다.
이 밤 그대를 가슴속으로 가만히 속삭여 봅니다.

"당신을 많이 사랑해"

사랑의 진실

그대를 위한 끊임없는 그리움에
오늘도 높게 떠 있는 흐르는 달그림자에
사랑에 목마른 아픔에 허덕이는 내가 보입니다

당신의 참다운 사랑으로
해바라기처럼 당신을 그리워하는 작은 영혼
당신의 사랑을 위해서라면 언제까지라도 기다리겠습니다

외로움과 그리움에 지친 세상에 갇힌 나
내가 얼마나 그대를 그리워하고 사랑하는지
이제 당신의 포근한 품속으로 갈 수 있으면 좋겠습니다

오로지 당신만을 사랑하는 이 간절한 그리움
내가 살아있는 동안 내가 숨 쉬는 동안
오직 단 한 사람 당신에게만
내 사랑을 줄 수 있으면 좋겠습니다.

가시리

떠나는 그대 위해
남은 추억마저도 내주어야만 한다면
눈물 젖어 식은 가슴
사랑의 진실을 위해 기꺼이 바치겠습니다

떠나는 그대 위해
가시는 걸음에 어둠이 짙어지면
검은 하늘 별과 달이 비출 때까지
남은 사랑의 불꽃을 빌려 드리겠습니다

떠나는 그대 위해
마지막 감동이 필요하다면
눈물에 젖은 입술이지만
잔잔한 미소를 짓겠습니다

떠나는 그대 위해
가시는 걸음에 사랑의 흔적에 아파한다면
마지막 남은 사랑도 버리라면
말라 버린 남은 울음도 삼키겠습니다

가버린 그대 위해
내가 할 일은
울며 떠난 당신을 위해 식어버린 가슴이지만
당신의 가시는 길 홀로 눈물로 보내 드리겠습니다.

제목 : 가시리
시낭송 : 박영애
스마트폰으로 QR 코드를 스캔하면
시낭송을 감상하실 수 있습니다.

71

해바라기 사랑

그대 사랑 그리워 너무 그리워
날이면 날마다 당신의 고운 손길을
가슴으로 느끼고 싶습니다

어찌하여 그대는 나의 그리움이 되고
나는 기다림이 되어야만 하나요
그대는 왜 태양이 되어야 하고
나는 해바라기가 되어야 하나요

그대와 나는 하나가 되어야 하며 그대는 내 사랑이고
눈을 감는 한순간이라도 당신을 그리워합니다
참으로 내 영혼까지 다 주어도 아깝지 않을 당신입니다

저물어 가는 당신은 나의 그리움을 뒤로하지만
어느덧 멀어져간 그대의 숨소리는 들을 수 없어도
오늘도 나는 그대만을 또 기다리고 사랑합니다.

당신이라는 이름

해 저문 석양을 보면 그리운 이름 하나 있습니다
바로 당신이라는 이름입니다

내리는 빗속에서도 떠오르는 이름 하나 있습니다
바로 당신이라는 이름입니다

하얀 눈이 내리면 더욱더 그리운 이름 하나 있습니다
바로 당신이라는 이름입니다

그저 생각만 해도 기분 좋은 이름 하나 있습니다
바로 당신이라는 이름입니다

멀리서 바라보며 가슴 두근거리는 이름 하나 있습니다
바로 당신이라는 이름입니다

언제 보아도 잊지 못할 이름 석 자 있습니다
바로 당신이라는 이름입니다

당신이란 이름은 나에게 늘 설렘을 안겨주는 이름입니다
그 이름 하나는 운명적인 당신이라는 그리움입니다.

제목 : 당신이라는 이름
시낭송 : 박영애
스마트폰으로 QR 코드를 스캔하면
시낭송을 감상할 수 있습니다

내 사랑아

나의 아픔과 어둠까지도
껴안을 수 있는 포근함을 지닌
눈에 넣어도 아프지 않을 내 사랑아

당신의 사랑이 너무 고맙고 감사해서
오직 나의 가슴속에 당신의 사랑의 잔만이
넘치고 흘러서 그 무엇도 담을 수가 없습니다

스쳐 간 수많은 인연의 틈 속에서 만난 우리
내가 필요로 할 때 언제나 사랑으로
따뜻한 마음으로 손잡아 주는 고마운 당신입니다

당신의 그 아름다운 사랑이 너무 고마워
이제 내가 보이지 않는 마음으로
감싸주고 지켜보는 사랑으로 보답하겠습니다

사랑! 사랑! 내 사랑아!
내가 눈 감는 날까지, 이 세상의 종말이 온다고 해도
그대와의 고귀한 사랑 고이 간직하겠습니다.

 제목 : 내 사랑아
시낭송 : 박영애
스마트폰으로 QR 코드를 스캔하면
시낭송을 감상할 수 있습니다

사랑의 힘

맨 처음 사랑을 몰랐을 때
그대의 사랑의 부름에 내가 두 팔 벌려
그대를 안았을 때의 환희를 잊을 수 없습니다

어찌하여 이토록 사랑은 설레며 벅찼던가
그렇게도 당신의 사랑이 아름답고 행복하였던지
나의 가슴으로 밀려오는 감동, 이것은 무엇인지

사랑을 한다는 것이 얼마나 즐겁고 행복한지
어둠을 털어내고 광명의 길 열어주고
쌓인 슬픔과 상처를 밀어내는 감동, 이것은 무엇인지

사랑하다 달려서 지쳐 쓰러지는 후회가 있어도
그대 사랑함의 귀함이 더 깊은 것이라면
가슴 에이는 슬픔도 헤쳐 나가는 것이 사랑이라면

나는 그 아름다운 사랑의 힘을 믿을 것입니다.

당신에게 보내는 눈물 편지

내가 당신을 많이 힘들게 했나 봅니다.
당신이 싫은 것은 아니지만 나의 욕심 때문에
나 아니면 다른 곳에 행복할 수 있는 당신이었습니다.

이제는 당신의 행복을 위해 누군가 울어야 한다면
내가 대신 울어 드릴 것입니다
돌아보면 모든 것이 별것 아닌 세상인데
무엇을 위해 외면하고 살아왔는지 늦은 후회를 합니다

아픈 당신 위해 지난 세월 돌이키니
왜 진작 당신을 아프기 전에 좀 더 사랑하고
좀 더 아껴 주지 못했는지 가슴이 저미어 옵니다

오히려 착한 당신 대신 내가 아파야 하는데
당신이 옛날로 돌아올 수 있다면
지난 세월 아픈 기억 지워 버릴 수 있으면 좋겠습니다

당신을 아프게 했던 지난날의 잘못을 용서를 구합니다
수많은 세월 속에 당신이 흘린 눈물 이제야 닦으려 합니다
이제는 아프게 하지 않겠습니다. 당신을 참으로 사랑합니다.

제목 : 당신에게 보내는 눈물 편지
시낭송 : 박영애
스마트폰으로 QR 코드를 스캔하면
시낭송을 감상할 수 있습니다

당신이 곁에 있으면

당신이 곁에 있으면
이 세상에 모든 것이 부럽지 않고
세상의 시달림의 상처에도 외롭지 않아요

당신이 곁에 있으면
먹지 않아도 배부른 것을 어찌합니까
당신의 미소 하나면 천하가 내 것인 것을요

당신이 곁에 있으면
겨울바람 옷 속을 헤집어도 춥지를 않고
서글픈 노을이 지고 어둠이 와도 행복한 것을요

당신이 곁에 있으면
당신의 고운 눈동자만 보고 있으면
삶에 지친 내 영혼이 맑아집니다.

당신이 곁에 있으면
괜스레 즐겁고 너무 행복합니다
당신이 옆에 있는 그 자체만으로도 너무 행복합니다.

사랑이 찾아올 때

그대 사랑 진실이라면 그 사랑이 내게 왔을 때
헤쳐 나올 수 없는 늪이라 하여도
나는 그런 사랑을 받아들이겠습니다

피지 못한 꽃봉오리가 되어 못다 핀 꽃이 되어도
외로움에 지친 그리움보다, 잠깐이라도 필 수 있다면
나는 그런 사랑을 받아들이겠습니다

흘러가는 세월이 아쉬워 다 떠나가 버리기 전에
끝이 없는 어둠 속이라도 한 줄기 사랑을 찾을 수만 있다면
나는 그런 사랑을 받아들이겠습니다

세상이 속이고 힘들게 하여도 그대 사랑 진실이라면
이 세상 다할 때 내 가슴에 고운 추억으로 남을 수 있다면
나는 그런 사랑을 받아들이겠습니다.

제목 : 사랑이 찾아올 때
시낭송 : 박영애
스마트폰으로 QR 코드를 스캔하면
시낭송을 감상할 수 있습니다

사랑이란 것은

그리움에 긴긴밤 가슴 태우며 하얀 밤을 새울 때
이런 것이 사랑이라고 하는 것인가 봅니다.

매 순간 그대 생각으로 보고 싶어 외로워질 때
이런 것이 사랑이라고 하는 것인가 봅니다.

금방 보고 헤어지고, 보고 있어도 보고 싶어지는 사람
이런 것이 사랑이라고 하는 것인가 봅니다.

멀리서 오는 모습만 어렴풋이 보여도 설레는 사람
이런 것이 사랑이라고 하는 것인가 봅니다.

때론 미운 감정 들어도 그대 미소 하나에 녹아지는 마음
이런 것이 사랑이라고 하는 것인가 봅니다.

다가설 수 없고, 잘라내야 하는 아픔이 있는 사랑이어도
그리운 마음에 눈물 삼키면 이러한 것도 사랑인가 봅니다.

제3부。그대 향한 손 편지

꿈속에서

꿈속에서 그대를 만났습니다
너무도 그리웠고 보고 싶은 당신이기에
꿈속이라도 많이 행복해서 울었습니다

그대의 사랑이 너무도 간절하였기에
나는 시간 가는 줄 모르고 당신의 손을 잡고
푸른 초원을 끝도 없이 달렸습니다

밤하늘에는 우리의 사랑을 축복하듯이
수많은 별과 달이 노래 불렀습니다
둥근달의 무대에서 한없이 춤을 추었습니다

그렇게도 기다리던 내 사랑이 나에게 돌아왔습니다
그대를 기다리면서 원망하며 슬퍼했던 마음은 사라지고
사랑이 이렇게 행복하고 좋은지 몰랐습니다

이 꿈이 깨지 않기를 꿈속에서라도 기도했습니다.

사랑의 향기

떠난 당신 그대의 향기 남긴 그 자리
파도만이 부서지고 쓸쓸한 바람 앞에
나는 수평선 너머 자유로운 물새이고 싶습니다

아직도 내 가슴의 한 편에 안주하는 그림자
당신이 남기고 떠난 추억에 모든 시간은 정지되었고
야윈 가슴 그대가 심어 놓은 사랑의 씨앗만이 남았습니다

당신의 그림자에 묻혀 언제까지라도
그대의 사랑에 취해 나의 육신이 마취되고
남기고 간 향기는 긴 여운을 남기지만

당신이 내게 준 마법 같은 사랑의 향기는
나를 언제까지라도 그대 곁에 머물라 합니다.

그대 사랑 잊지 못해

어두움의 무수한 날들이 내 영혼을 어지럽혀도
다가오는 새벽이 있기에 넘어지지 않았습니다
그 새벽은 당신이었고 그대의 사랑이었습니다

거센 파도 풍랑 내 심신을 힘들게 하여도
나를 지탱하고 힘주어 내린 것은 사랑이었고
뿌리내린 사랑의 마디는 바로 당신이었습니다

험한 세상의 유혹과 외로움에 지쳐 흔들려도
그대 사랑 내게 있음에 먼 기다림도 힘들지 않고
지금까지 버티어 온 것 그대 사랑의 힘이었습니다.

그대 멀리 있어 고독의 아픔과 먼 기다림에 살아도
가슴에 내린 그대 사랑 기억하며 언제까지라도
오직 당신이 있기에 온 가슴 열어놓고 사랑하겠습니다

그대 사랑 잊지 못해 너무 긴 그리움이 아니면 좋겠습니다.

행복이란

수많은 세월이 흐르는 매 순간 많고 많은 사람 중에
오직 당신을 생각하고 그리워하는 것만으로도
나는 한 없이 행복합니다

내가 그대를 품에 안아야만 행복이 아님을 압니다.
그대 숨 쉬는 같은 하늘 함께 있는 것만으로도
나는 행복을 느낍니다

수십 년 세월이 흘러 주름이 너울져도
한 송이 곱게 핀 꽃보다 그대 모습 더 사랑스러워
나는 한없이 행복합니다

서둘러 가는 세월을 재촉할 수 없지만
오직 그대의 손을 잡고 가끔 밤하늘을 본 것으로도
나는 한없이 행복합니다

그저 당신을 바라만 보고 있어도 마냥 행복합니다.

그대 향한 손 편지 1

나에겐 뿌리 깊은 나무 같은 한 사람이 있습니다
때로는 깊은 내 속마음을 내려놓을 수도 있고
등을 기대어 쉴 수도 있는 늘 고마운 당신입니다

때론 너무 사랑스러워 예쁜 모습 지켜주기도 하고
보듬어 주고도 싶은 그런 사람이지만
풍성한 열매 같은 사랑을 내려 주는 당신입니다

나누는 차 한 잔에 마음을 나누며 작은 행복에
늘 새로운 기쁨을 안겨주는 당신입니다
지금까지 사랑하고 동행해 주어서 고맙습니다

그런 그대를 나는 참으로 당신을 많이 좋아합니다
날마다 다가오는 오늘을 함께해 주고 내일을 기대합니다
당신 참으로 고맙습니다. 그리고 많이 사랑합니다.

그대 향한 손 편지 2

유난히 추워지는 긴 겨울밤입니다
그래도 당신의 고운 사랑이 내게 있음에
김이 오르는 따뜻한 차 한 잔을 마주 보는 느낌입니다

나누는 차 한 잔, 놓인 찻잔이 나이고
잔 속의 따뜻한 차는 당신이었으면 합니다
그래서 늘 따뜻함을 나눌 수 있는 우리였으면 좋겠습니다

바람이 차가운 날이면 따뜻함이 그립지만
이렇게 당신과 나눌 수 있는 사랑하는 마음이 있어
당신과 나 사이의 공간이 사랑으로 채워짐을 느껴집니다.

마음이 아름다운 당신이 사랑의 향기로 빚어낸
그 향기로 사랑을 내려 눈처럼 포근한 모습으로 다가와
티 없이 맑은 웃음으로 행복을 나누는 고운 마음의 당신

그래서 더욱더 고맙고 미안하고 행복해집니다
사랑하는 당신 언제나 건강하시고 행복 가득하시길......,

사랑의 믿음

그대를 의지하고 서로 사랑하는 믿음이
우리의 사랑을 영원히 지속시킬 힘이라는 것을
알았습니다

먼 옛날 당신이 보고 싶어 비 오는 거리에
당신을 기다릴 때 반가워하는 당신보다
내 마음이 더 기쁜 것을 당신은 아시나요

목적 없이 주고 싶고 마음을 주는 것
서로의 깊은 믿음 없이 불가하지만
당신의 고귀하고 성실한 사랑에서 지켜지겠지요

이 세상이 아무리 변해도 변할 수 없는 것은
내가 사랑하고 그대가 날 사랑하는 것
그것은 서로의 믿음에서 비롯되는
아름다운 사랑 그것은 믿음이라고 부르고 싶습니다.

아름다운 사랑

나에게 참으로 소중한 사람 하나 있습니다
바로 나에게 사랑을 가르쳐 준 사람입니다

내가 기뻐하며 내가 행복할 때 함께 기뻐해 주고
내가 힘들어 슬플 때 함께 울어준 사람입니다

세상의 소용돌이에서 만난 소중하고 귀한 인연
내 육신이 재가 되고 영혼마저 사라진다고 해도

사랑 안에서 서로를 바라보며 사는 세상이 얼마나 아름다운지
그 귀한 사랑이 꼭 당신이어야 나는 행복할 것입니다

그대를 상처 주지 말고 눈물 흘리지 않게 사랑하겠습니다
이 세상이 아니면 다음 생에서도 그리워해야 할 당신입니다

그리고 그 사람은 내가 사랑하는 참으로 아름다운 사람입니다.

제목 : 아름다운 사랑
시낭송 : 박영애
스마트폰으로 QR 코드를 스캔하면
시낭송을 감상할 수 있습니다

89

저 별은 너의 별

사랑하는 당신의 이름 저 별 하나에 새겼습니다
언제나 그랬듯이 그리움에 가득 찬 눈물은
가슴 깊숙이 아려 오기만 합니다

그대가 그리워서 울어야 한다면
이별만 남겨둔 밤하늘 싸늘한 별빛 보며
당신이 만든 저 별 하나에 촛불 되어 울겠습니다

그대가 그리워 차가운 밤하늘의 별을 찾아봐도
이젠 하늘 가득 당신의 흔적은 사라지고
당신과 나의 별은 찾을 수 없습니다.

당신 모습이 그리워서 보고 싶고, 또 보고 싶다면
당신이 내게 다시 돌아올 수 있다면, 그리고
그대 향한 그리움이 치유될 수가 있다면
나는 밤새, 밤새 그렇게 별을 보며 울겠습니다.

제목 : 저 별은 너의 별
사성송 : 박영애
스마트폰으로 QR 코드를 스캔하면
사성송을 감상할 수 있습니다

당신을 위해서라면

이른 아침 향기로운 커피와 함께 "사랑해"
하는 말로 당신의 아침을 깨우겠습니다

당신이 세파에 힘들어할 때
언제라도 달려가서 위로하겠습니다

당신이 슬퍼하고 우울할 때
천 번이고 "사랑해"라고 속삭이겠습니다

그대가 방황하고 외로워할 때
마음을 터놓는 친구 같이 사랑하겠습니다

떨어져 있을 때도 그대 마음과 기억에 내 사랑이
당신 가슴에 남는 이름 석 자 되고 싶습니다

당신의 행복을 위해서라면,
온종일 그대만을 위한 사랑의 노래를 부르겠습니다.

제목 : 당신을 위해서라면
시낭송 : 박영애
스마트폰으로 QR 코드를 스캔하면
시낭송을 감상할 수 있습니다

당신을 알면서

내가 살아가는 동안 숨 쉬며 느낄 때마다
내 가슴에 담긴 당신의 사랑의 흔적들
언제까지 그 사랑을, 그 행복을 느낄 수가 있을까요

당신을 만난 지금까지의 수많은 세월은
내가 가질 수 있는 최고의 행복이었고
아름다운 시간들이었습니다.

당신을 안다는 것은 바로 사랑이었습니다
그 사랑이 나의 삶 속에 작은 기쁨인 줄만 알았는데
당신을 안다는 것이 아주 큰 행복이었습니다

당신이 먼저, 아니 내가 먼저 떠날지라도
이 세상에서 당신을 알았던 그 시간
내가 만난 가장 행복했다고 고백하고 싶네요

늘 내 맘은 당신 향해 달려가고 있습니다
당신이 내 곁에 멀어질 때라도
영원히 제 사랑은 당신과 함께할 것입니다.

소중한 추억

한 사람을 무던히도 사랑하고
조금이라도 다가가고 싶어 하던 때가 있었습니다.

한 사람이 그리워 밤새 그리워하며
하얀 밤을 새우며 울기도 하였습니다

창에 부딪히는 빗소리에 그대인 양
사무치는 그리움에 창문을 열어 보기도 했습니다

언제나 둘이 있고 싶고 만나고 헤어져도
얼마 되지 않아서 다시 보고 싶어지는 한 사람

항상 즐거웠고 가슴 설레었던 한 사람입니다
그 사람을 생각하면 지금도 내 입가에 미소를 지웁니다

세월이 흘러 이 세상이 수없이 변해도 내 가슴에
영원히 함께할 사람 나의 소중한 추억입니다.

보내는 마음

늦은 밤 안개꽃 뿌리는 수은등 아래
겨울밤 눈꽃은 하염없이 쌓이는데

그대 떠나갈 시간 시린 가슴 졸이며
걸음마다 밟히는 눈길의 신음

떠나간 당신 스며드는 뼈저린 고독은
머물러 달라고 아우성치고 싶지만

행복했던 그대의 추억, 길 위에 사라지고
발자국에 남긴 긴 여운만 내게 남는다

행여나 한 번쯤 돌아보고 울어준다면
기억 속에 사라진 미움 하나 보내려 했건만

미련 없이 떠나는 그대 바라보는 내 마음
가슴에 맺힌 사랑이란 단어 하나 때문에
작은 미움 하나 보내지 못했구나.

당신이어야만 합니다

당신이 그립고 그리워 어두운 달빛 속에도
기다림은 그리움으로 변해 가슴에 들어옵니다

당신이 그리워 멍한 하늘 보며 긴 기다림도
그리움 하나로 사랑을 키워나갑니다

매일 매일 그리움에 사무치는 사랑의 정도
돌아온다는 그리움으로 기다림을 달랠 수 있습니다

오직 왜 그대여야 하는지 알 수가 없습니다
하고많은 사람 중에 외로움에 그리워지는 당신인지를

외로움에 사무쳐서 눈물로도 막을 수 없는 그리움
당신은 아나요 내가 얼마나 그대를 사랑하는지

내 사랑은 오직 당신이어야만 하기 때문이고
당신만이 내 사랑이기 때문입니다.

사랑 그것은

사랑 그것은
그대와 함께하는 기쁨도 있지만
그대 보고 싶음에 그리울 때가
더 행복하다는 걸 알았습니다

그대를 기다리는 순간마저도
가슴 설렘으로 행복했고
떨어져 함께하지 못한 세월에 눈시울 적시며
가슴 아파하는 시간마저도 행복했습니다

이토록 사랑이 무언지
아픔과 슬픔, 행복의 교차로에서
당신의 향기가 그립고 당신의 손을 만지고 싶고
만나면 즐겁고 행복하고 헤어짐에 아쉬운 것일까요

잠시 멀어져 있어서 그대 만날 수 없으면
그대의 사랑에 그대를 그리워함에 목마른 시간
참으로 사랑 그것은 그리움에 아파하며 힘들어도
사랑 그것은 그리움과 기다림도 행복인가 봅니다.

당신은 영원한 짝꿍입니다

내가 당신을 사랑하는 것은
그대의 모습이나 육신이 아니었습니다

내가 당신을 사랑하는 것은
나는 그대의 아름다움만이 아닙니다

내가 당신을 사랑하는 것은
그대의 따스한 마음입니다

내가 그대를 나의 전부라고 생각하는 것은
그대의 총명과 나누려고 하는 고운 마음입니다

그대는 나에게 과분한 사람이었고
내 삶의 유일한 위로와 훈장입니다

언제나 내 편이 되어 주고 사랑으로 격려하는 당신은
나의 영원한 짝꿍입니다.

사랑의 정의

외로움에 지친 삶이 사랑을 찾을 수 없다면
사랑을 찾을 수 없는 것이 아니라
당신이라는 그대가 내 곁에 없기 때문입니다

나의 곁에 누구도 없어 외로운 것이 아니라
오직 그대의 사랑이 갈급한 내 마음입니다.
참으로 슬픈 것은 그대가 아니기 때문입니다

이 세상 수많은 사람 중에 사람이 없어서 아니라
당신이 아니고, 그대가 아니어서 아프고 슬픈 것입니다
그대 하나만이 나의 희망이고 존재 이유인 것입니다

내 삶에 그대 없이는 삶의 이유가 없고 당신이 있음으로
내 인생의 외로움의 끝이 되고 먼 길을 걷는 행복의 열쇠입니다
외로운 내 인생의 등불, 나의 존재 이유가
오직 당신인 것이 사랑의 정의 인가 생각합니다.

사랑하는 그대에게

세파에 찌든 내 가슴 여미어 주는
그대의 다정하고 따뜻한 사랑의 손길

언제까지나 그대의 사랑을 받을 수 있는
지금처럼만 같았으면 너무 행복하겠습니다

옆에만 있어도 흩어지는 바람결에
그대의 사랑의 향기를 맡을 수만 있다면

내리는 빗소리도 짙은 하늘의 먹구름도
모두가 기쁨으로 느끼는 시간입니다

흐르는 세월 속에 사랑할 수 있는 좋은 날에
나의 가슴에 스미는 고운 사랑 그 사랑이

그대와 나의 아름다운 사랑의 완성이었으면
참으로 고맙고 행복하겠습니다.

사랑하는 마음

내가 살고 있다는 의미를 느끼는 것은
누군가를 사랑하고 있다는 사실입니다.

나보다 다른 누군가를 그리워하는 마음이
사랑하는 마음입니다.

내 안에 원망과 불신이 생기는 것은
더욱 나 자신을 초라하게 하는 것입니다

내 육신이 고달프고 힘든 것보다
마음이 병드는 것이 더욱더 슬픈 일입니다

누군가를 사랑하고 기도하며
나눔을 주고, 사랑을 주는 기쁨이 되고 싶습니다

가장 슬프고 가슴 아픈 것은
사랑하는 마음을 잃어버리는 것입니다.

사랑하는 사람아

그대 떠올리면
가슴 아픈 시간 눈물이 납니다
세월이 하나둘 나를 등지고 우리 삶이 변해가면
가슴 저편에 남아있는 옛 추억도 변할 수 있을까요

그대가 떠나간 뒤에
수많은 날 홀로 울었습니다
잊을 수 없는 사랑, 가는 세월에 보내려 했지만
멍울진 가슴의 상처는 지울 수가 없네요

떠나는 그대 돌이켜 보니
미운 정 간곳없고 아쉬움만이 허공에 남습니다
좀 더 아껴주고 잘해주지 못한 것 가슴 시려 옵니다
시간이 약이라지만 긴 시간 내 가슴에 후회만 남습니다.

사랑하고 사랑했던 내 사랑아
다음 세상 우리 만나 이 세상에서 못다 한 사랑
오직 그대에게 주려고 내 가슴속 모아둔 보석 같은 사랑
그대에게 주리라, 사랑하는 사람아

제목 : 사랑하는 사람아
시낭송 : 박영애
스마트폰으로 QR 코드를 스캔하면
시낭송을 감상할 수 있습니다

그대 향한 손 편지 3

유난히 가슴 시리게 바람 불고 눈 오는 날
따뜻한 그대의 손을 잡고 거닐던 추억
허리에 낀 당신의 따뜻한 마음의 손길

아무도 밟지 않은 하얀 밤길 따라 걸으며
내리는 보석 같은 흰 눈을 맞으며
포근한 모습으로 감기어 오곤 합니다

인생도 내리는 눈처럼 소멸되어 가는 것인가
가끔 초조하고 불안해질 때가 있지만
그대 있음으로 가끔 편하게 마음을 내려놓겠습니다.

메마른 땅에 단비를 뿌리듯이 내게 다가와
오직 나에게만 아름다움을 간직하게 한 당신
그대의 사랑, 그대의 믿음에 늘 미치지는 못해도

지금까지 거친 들판 눈물로 걸어온 길
그대의 고운 눈에 눈물 닦아주고 사랑하면서
수많은 인연 중에 만난 사랑 고이 지켜드리오리다

그대에게 원하는 것

내가 그대에게 원하는 것
성공해서 부귀영화를 누리고 높아지는 것이 아닙니다
세월이 흘러도 변하지 않는 따뜻한 그대 모습입니다

내가 그대에게 원하는 것
삶에 대한 잔소리가 아니라 늘 잘 자고 건강한
긍정의 마인드를 가졌으면 좋겠습니다

내가 그대에게 원하는 것
먼 나라 여행길이 아니라 그대와 함께 손잡고
동네 뒷산에 가벼운 마음으로 산책하는 것입니다

내가 그대에게 원하는 것
적은 것이라도 소중한 마음으로 지키며
늘 밝은 마음으로 나누고 베푸는 마음이면 족합니다

내가 그대에게 원하는 것
보석 같은 귀한 선물이 아니라 고운 미소로
"당신이 최고야, 사랑해" 하는 한 마디입니다

사랑할 때

그대를 사랑할 때 이 모든 세상 중에
홀로 빛난 한 사람 바로 당신입니다
내 머리와 가슴엔 오직 당신 하나였습니다

처음엔 그것이 사랑인 줄 몰랐습니다.
잠들어 있는 꿈속에서도 당신이었으니까요
그저 바라만 보아도 기쁜 순간이었습니다

누군가 그러더군요.
사랑을 하면 귀도 막히고 눈도 안 보인다고
모든 것이 당신 이름으로만 가득했습니다

그게 사랑이었는지 잘 모르지만
온종일 당신 생각만 가슴에 차 있었고
오직 내 눈에는 당신밖에 보이지 않았습니다

그것이 사랑인 줄 늦게 알았지만
이 세상의 어떠한 것도 당신보다 우선이 없고
나의 가장 소중한 것은 오직 당신 하나뿐입니다

이것이 사랑인가 봅니다......

봄 그리고 그리움

한 해를 접고 다시 새해를 맞이하면서
그대 향한 그리움이 연기처럼 자꾸 피어오릅니다

옥구슬 맺혀있는 싹 트지 않은 작은 가지 속에도
저 하늘 하얀 구름 속에도
그리움이 연처럼 매달려있습니다

아직은 모진 바람의 질투가 시샘하여
그 그리움을 아련히 가슴에 품으려 하면
그대 향한 그리움을 나의 옷깃에서 멀게 합니다

긴 기다림의 그리움 삭여 내려고
그리던 봄님 고운 모습 뵙길 소망하는 마음
하얀 구름 위에 노오란 그리움을 달아 올려 봅니다.

내 마음은

당신을 향한 내 마음은
봄날의 하얀 구름처럼 날아서 어느새
그대 창가에 날아가고 있습니다

내 마음은 봄꽃 같은 향기를 한 아름 안고
그대 마음을 향해 달려갑니다
파릇한 새순처럼 첫사랑의 설렘으로

짙은 녹음이 여름의 열정처럼 피어오르면
또다시 가을빛처럼 상큼하게 익어가는 가슴
사랑을 진주처럼 엮어 그대에게 전하겠습니다

눈꽃 지는 계절에는 그대의 마음의 창에
아름다운 은빛 세상으로 물들면
그대에게 바치는 고운 사랑, 가슴으로 느끼신다면
당신의 따스한 손길로 나의 손을 잡아주십시오

당신이 주는 그 따스함으로
그대와 나의 또 하나의 행복을 만들 수 있도록......,

기다림도 이별도 싫습니다

그대 보고픔에 날마다 먼 하늘을 바라보며
그리움의 편지를 띄웁니다.

이별이 싫어서 이별이란 말을 쓰기 싫습니다.
이별보다는 그대의 사랑만을 기다림으로 살겠습니다.

그대 기다림이 싫어서 그리움이란 이름을 또다시 불러봅니다
그대에게 보낸 답장이 없으면 또다시 편지를 띄웁니다

그대 기다리는 동안 침묵할 수밖에 없는 내 사랑
그리움이 대신해도 그리움은 머지않아 외로움으로 변합니다.

그대 그리움에 지쳐 가슴 깊이 차오르는 서러움은
당신의 발자국 소리에 환희의 기쁨으로 부서지고

그대 기다림에 환호하는 달빛은 더욱 밝아집니다......,

사랑의 기다림

그리움에 바라본 저 먼 하늘의 별빛을 보며
긴 세월 외로움에 지쳐 퇴색된 그리움이
언제나 다시 되돌아올 수 있을는지

그립다고 생각하면 더욱 그리워지는 내 사랑
푸른 하늘 위에 하얀 조각구름 그려보다 지친 마음
왜 당신과 나 사이에 같은 하늘 아래 공간이 생겼는지

불러도, 또 불러도 들을 수 없는 그리운 이름 하나
보고 싶어도 볼 수 없는 보고 싶은 얼굴 하나
넘치는 그리움이 눈물방울 되어 가슴의 창에 내리고

보고 싶은 그대 모습은 떨어지는 눈물만큼
짙은 그리움 되어 방울방울 흘러내립니다
기다림에 지친 내 사랑은 석류처럼 붉게 물들고
아프고 또 아프게 시린 가슴이 되고야 맙니다.

사랑은 2

사랑이란 얻기는 쉬워도
사랑이 오래가기는 참으로 힘든 일입니다
그러나 사랑은 무엇보다 삶의 귀중한 한 부분이기에
사랑보다 더 귀하고 소중한 것은 존재하지 않습니다

때로는 우리의 삶의 순간마다
사랑에 따르는 아픔을 겪으며 힘들어하면서도
외로움을 이기며 기다림으로 긴 밤을 눈물지으며
사랑을 얻기 위해 견디어 냅니다.

잃어버린 사랑으로 인하여
사랑의 추억을 잊지 못하여 수많은 밤들을 그리워
눈물로 지새우지만, 사랑의 아픔은 사랑을 하고
그리고 사랑하였기에 행복해하는 것 그것이 사랑입니다

사랑은 이성으로 이루어질 수는 있는 것이 아니지만
감성보다 이성이 앞서는 사람은 참으로 진실한 사랑을
얻을 수가 없고 결코 찾을 수는 없는 것입니다.
사랑이 있음으로 인간이 좀 더 인간다워질 수 있는 것입니다

사랑은 아픔과 고통 없이 저절로 생기는 것이 아닙니다
떠난 후에 아파하고 그리워하지만 누구든지 참으로 소중한 사랑은
아픔 없는 사랑 그 자체는 존재하지 않는 것입니다
사랑은 참으로 많은 것들을 필요로 하는 존재입니다.

사랑은 3

사랑은 대가나 어떤 보상을 바란다면
그 사랑은 진실한 사랑이 아니겠지요
참으로 진정한 사랑은 목적 없이 주는 사랑입니다

때로는 아픔이 있어도 한걸음 물러나서 당신이
잘 되기를 기도하며 바라볼 수 있는 사랑이 되고 싶습니다
언제까지라도 그대가 사랑을 느낄 수 있을 때까지

당신을 위해서라면 오랜 시간 기다릴 수 있습니다
그리움에 사무쳐도 집착과 소유를 버리고 인내하겠습니다
참으며, 바라보고 있을 수 있는 것도 사랑이겠지요

그대를 좋아한다고 무엇인가를 바라지 않겠습니다
당신과 같은 하늘 아래서 같은 공기를 마시며
같은 시간 속에서 머물 수 있음에 고맙게 생각하겠습니다

참으로 외로워도 그리움 하나로 사랑을 느낄 수 있을 때
이렇게 고운 사랑 아무나 하는 것이 아님을 배웠습니다
그대를 통해 사랑을 배웠고 예쁜 사랑을 할 것입니다.

내 사랑에게

깊은 밤 그대를 이토록 애절히 그리운 마음
당신 향한 안타까운 그리움을 아시나요

내 그리움을 오롯이 그리운 마음 한 자락 꺼내어,
밤하늘에 별을 빚어 캄캄한 밤하늘에 걸어 두리니

사랑하는 사람아!
그렇게도 내 사랑, 이 그리움을 모른다면
이토록 애절히 그리운 날 한 줌 바람 되어 그대 창에 가리니

당신 가슴 어느 때나 가슴 쓰릴 때 있으면
그리고 밤하늘의 별들이 유난히 반짝임에 마음이 흔들리면

사랑하는 사람아!
눈물 젖은 그 별 살며시 가슴에 안아 당신의 그 고운 입술로
"호호" 불어 시린 가슴 녹여주면 좋겠습니다.

제목 : 내 사랑에게
시낭송 : 박영애
스마트폰으로 QR 코드를 스캔하면
시낭송을 감상할 수 있습니다

당신 때문에

삶에 지친 나의 영혼이 너무 힘들어 포기하고 싶어도
그대의 희생과 사랑, 밀물처럼 가슴으로 밀려와
나를 의지하고 있는 당신의 삶이 무너질 것 같아
다시 용기를 내어 일어나 내일을 향해 달려갑니다

때로는 아프고 슬픈 일이 너무 많아 좌절하며
속울음 가슴 여미면서 살아온 세월이지만
나 하나를 믿고 살아와 준 그대의 해맑은 웃음으로
흐르는 눈물을 머금고 지금까지 달려왔습니다

참으로 당신을 사랑하는 것은 세상을 이기는 것이요
내가 당신에게 꼭 필요한 사람이 되기 위해
모든 불평을 인내하고 다시 감사의 목소리를 높입니다
오늘도 당신 때문에 힘을 얻고 세상을 사랑하겠습니다.

당신을 사랑하기에

너무 많은 사랑을 나에게 주었던 당신이기에
나의 사랑 너무 작고 보잘것없는 것이겠지만

당신은 하늘이고 나는 대지가 되어
내가 있음으로 그대가 아름답게 빛날 수 있는
그런 사람이고 싶습니다

목마른 사슴 되어 내게 와서 물을 마시고
세상의 고된 삶에 지치면 쉬어갈 수 있는
그런 사람이고 싶습니다

당신은 아름다운 노을이 되면 나는 바다가 되어
노을을 비추는 바다 같은 사랑으로 포옹해 주는
그런 사람이고 싶습니다

선선한 바람과 그늘로 지친 당신을 위해 나무가 되어
한여름 더위에 당신을 쉬어가게 하는
그런 사람이고 싶습니다

너무도 사랑하기에 하루를 피고 지는 꽃이 되어서라도
그대가 가는 앞길에 향기 나는 꽃으로 마중 나가는
그런 사람이고 싶습니다.

겨울비

사랑아, 내 사랑아
나는 이 겨울비 내리는 끝자락을 따라가서
그대가 있는 창가에 다가서서 내 마음을 피워내면

어느 날 홀연히 운명으로 등장해서 나에게 온 사랑
삶의 흙진을 씻겨 내리는 빗줄기처럼
곱디고운 맨몸으로 맞이해 참으로 아름답게 피워 보리라

겨울비 서글픈 소리 감추고 내게 조용히 손짓하면
그리움 가득한 네가 보고 싶어 나에게로 오는 서러움
내 마음에 달린 끈을 풀고 또다시 사랑의 문을 열어보리라

비야! 비야! 겨울비야 내 가슴을 적신 비야
내 사랑 있는 그곳에도 네가 있다면 그리움의 내 사연도
내 사랑 가슴에 넉넉히 뿌려주려무나

사랑아, 내 사랑아
봄이 오는 길목의 차가운 겨울비마저도 그대 향한 사랑
가슴 한쪽 그리움도 식히지를 못하는구나.

그대가 주고 간 것

떠난 당신이 주고 간 것 있습니다.
매일의 힘겹도록 밀려오는 진한 그리움
그리고 가슴 한쪽 멍든 가슴의 눈물입니다

나에겐 너무나도 지키고 싶은 소중한 사랑이고
서로가 서로를 사랑하며 만든 숱한 기억은
이제는 나의 긴 세월과 소망을 가져갔습니다

떠난 당신이 주고 간 것 있습니다.
누구를 사랑할 수도 없고 당신 떠난 빈자리
너무 커서 두려움만 남았습니다

또다시 다른 누군가를 다시 사랑하기가 두렵고
당신을 내 가슴속에 지우기가 너무 두렵습니다
흐르는 세월 속에 당신의 이름 석 자 희미해 갑니다

이젠 나에겐 남아있는 그대와의 기억은 추억 속에
멀어져 가지만 그대 향한 그리움은 흐르는 강물의
망각의 추억 속에 놓으려 합니다.

제4부。사랑을 위한 기도

사랑한다는 한마디

사랑한다는 그 말 한마디

이 세상에서 제일 흔하고 부르기 쉬운 말이지만
사랑을 한다는 것은 그리움의 간절함이 있어야 합니다.
늘 가슴 가득히 그리움을 느끼는 그런 사람 말입니다

만나면 두 손 마주 잡고 포근히 안고 싶은 사람
내 모든 부족함을 덮어주고 작은 슬픔 하나까지도
다 어루만져 줄 사람, 당신은 내게 있어 그런 사람입니다.

사랑합니다, 고맙습니다, 그리고 늘 그립습니다
당신을 사랑하기에 한순간도 잊은 적이 없는 그대
수많은 말 중에 항상 듣고 싶은 사랑한다는 그 한마디입니다

힘겹고 어려운 상황 속에서도 늘 감사할 수 있는 것은
당신의 고운 모습이 눈에 떠오르면 나도 모르게 미소를 띱니다
그것은 모두가 당신의 사랑이 늘 함께하기 때문입니다.

당신을 처음 만난 순간부터 지금껏 변하지 않는 마음입니다.
누군가 같이 있다고 다 사랑하는 것이 아닙니다
언제나 보고 싶고 그리움을 주는 당신이기에

오직 하나뿐인 당신 바로 내 사랑입니다.

제목 : 사랑한다는 한마디
사송송 : 박영애
스마트폰으로 QR 코드를 스캔하면
사송송을 감상할 수 있습니다

사랑을 위한 기도

가버린 당신이 언제나 돌아올 줄 모르지만
우리 다시 서로가 만나는 날엔
그리고 우리 서로 사랑할 수 있다면
다시 만나 두 손 잡고 회포를 풀 수 있다면

얼마나 많은 밤, 얼마나 긴 세월 동안
그대를 그리며 살았는지 돌아올 시간 동안
얼마나 보고 싶어 기도하며 마음 졸이며 살았는지
하얀 밤을 지새우며 얘기하고 싶습니다

오늘도 그대를 위해 기도합니다
그대와 나의 지난 사랑의 추억들을 잊지 말라고~
이 세상 같은 하늘 아래 살면서 가끔 조금씩이라도
나의 이름 석 자 기억하며 살아달라고~

우리의 운명이, 부족한 나의 실수로 멀어졌지만
돌아올 그대를 위해 너무도 그리운 그대를 위해
이 밤도 그대 있는 먼 별밤을 바라보며
이 세상 어딘가에 같이 있음을 감사하며 기도합니다.

사랑은 4

어디가 그리 사랑스럽고
이쁜지 나에게 묻지 마셔요

그저 보면 좋고 보고 있어도
보고 싶은 그냥 좋은 당신입니다

사랑은 항상 좋을 수만 없어서
언제나 그 사랑이 오래갈 수가 없습니다

하지만 당신만 보면 마음이 풀어지고
그저 웃음이 연속으로 귀에 걸립니다

당신이 미인이 아니어도 좋고 가진 것도
소용없고 오직 당신의 곁에서 있을 수 있다면

당신의 말 한마디, 그리고 손끝 하나에도 사랑을 느낍니다
나는 당신이 그냥 좋고 마냥 행복하고 좋습니다.

사랑의 소통

그대가 그리울 때, 보고 싶을 때
보고 싶다고 말할 수 있고

그대가 그리웠다고 말하고,
사랑한다고 말할 수 있으면 좋겠습니다

당신도 내게 힘들면 힘들다고
내가 보고 싶었다고
말할 수 있으면 좋겠습니다

서로가 간절히 사랑하면서도
이별을 생각하지 않았으면 좋겠습니다

당신을 사랑하는 나 자신도
당신이 얼마나 힘이 드는지를 모를 수도 있습니다

너무 사랑하면서도, 너무나 잘 알면서도
서로가 아파하게 될 것만 같아서
우리를 위해 가슴으로 홀로 울지 않았으면 좋겠습니다

우리 서로 가슴을 내어주고 당신이 있어 위로가 되고
행복하다고, 말할 수 있으면 정말 행복하겠습니다.

제목 : 사랑의 소통
시낭송 : 박영애
스마트폰으로 QR 코드를 스캔하면
시낭송을 감상할 수 있습니다

봄을 그대에게

겨우내 추위 속에서 웅크리고
묶어 두었던 내 마음에 숨어 있던 새순들
고개를 내미는 가슴의 사연들을 살며시
풀어 그대에게 건네고 싶다.

사랑하는 나의 사람아
향긋한 봄 내음이 너무도 향기롭구나
고운 그대의 향을 풍고 있기 때문일까
그대의 향을 가득 안고 생명이 움트는 이 계절에
멀리 있는 당신이지만 마음의 봄을 그대에게 전하고 싶다

너무 곱고 고와 차라리 슬픈 나의 마음의 봄날
나의 사랑아 이 봄은 우리의 사랑을 위해
계절이 내려준 귀한 시간이라고 아우성치고 싶다.
내 사랑아 봄바람이 살며시 다가오면 같이 살자

사랑스럽고 이쁜 내 사랑아
한겨울의 모진 찬바람 속에서 견디어낸 생명
이 계절을 찬양하며 봄맞이의 환희에
지난날의 추위를 잊어갈지언정
다시금 그대에게 절실한 사랑의 고백을 하리라.

사랑의 씨앗

당신이 내 가슴 작은 씨앗 하나
심었을 때는 몰랐습니다

그저 잠시 스쳐 가는 가을바람인 줄 알았습니다
그러나 그 작은 씨앗은 고독한 내 가슴을
어루만지는 그리움의 씨앗이었습니다

그리움에 목마른 씨앗은
서러움과 고독에 물들은 가슴을
희망이라는 새싹을 잉태하였습니다

이제는 세월이라는 이름의 나이테와 동침하며
가슴 깊은 곳에 뿌리내린 베어버릴 수도 없는
훌쩍 커버린 사랑의 나무가 되었습니다.

당신에게 보내는 가을 편지

설렘이 가득한 가을입니다.

어느 가을날
당신과 함께 오르던 산책길과
바람이 지날 때마다
풀어놓던 꽃향기가 오늘도 변함없습니다.

아직도 나의 심연 깊은 곳에
많은 세월이 흐른 지금도
당신이 자리하고 있나 봅니다

당신의 눈동자에 비친 가을 산의 모습과
들판의 향기가 바람결에 살아나서
자꾸만 세월을 되돌아봅니다.

오색 가을 산과 눈부신 가을 하늘 아래
없는 것은 그대의 향기뿐이라
그리움엔 세월의 흐름도 소용이 없나 봅니다.

짙어가는 가을 당신 닮은 오색 산을 보며
무심히 흐르는 시냇물에는
소중한 그대의 추억을 흘려보내고 있는
나 자신의 얼굴과 그대 모습이 겹쳐지고 있습니다.

제목 : 당신에게 보내는 가을 편지
시낭송 : 박영애
스마트폰으로 QR 코드를 스캔하면
시낭송을 감상할 수 있습니다

미련

떠나보내고 쉽게 잊히지 않고
더욱더 그리운 것은 무슨 사랑일까요

나를 떠난 후 정말 미워지는
사람이면 좋았을 텐데
그대를 보내고 더욱 그리워지는 가을밤입니다

보내고 아무 후회나 미련이 남지 않는
사람이면 좋았을 텐데
왜 이렇게 그리워지고 가슴이 미어지나요

그대를 보낼 때의 당당함은 어디 가고
이렇게 눈물 나며 힘들어할까요
가을 저녁 바람 스산함에 더욱 그리워지는 것은
아직도 그대의 미망을 끊지 못하는 바보입니다.

겨울을 보내며 J에게 보내는 편지

J에게~

겨울을 보내며 언젠가 그대가 지치고 힘이 들 때

당신과의 추억을 떠올리게 된다면

고운 미소와 함께 따뜻하게 안아주고 싶습니다.

우리가 멀리 떨어져 있어도 그대가 잘되기를 바라며

그대의 꿈을 이루어 가는 과정에 기쁨을 느끼고

행복을 빌어주고 싶습니다, 그것이 나의 작은 행복입니다

J에게~

이 겨울 아직은 새하얀 눈으로 덮여있어도

늘 푸른 사철나무처럼 그대가 어디에 있더라도

그대를 사랑하듯 봄이 올 때까지 말없이 기다립니다

때로는 그대의 사랑스런 향기가 그리워 미칠 것 같아도

한결같은 마음으로 바라보는 진실한 눈빛과 고운 미소

그 모습을 그리워하며 이 겨울을 쓸쓸히 보내려 합니다

J에게~

이제 긴 기다림을 뒤로하고 이 겨울을 보내려 합니다

새봄이 오면 그대의 따뜻한 가슴과 달콤한 커피 한 잔으로

사랑을 나눌 수 있다면 이제 이 겨울을 편안히 보내려 합니다.

사랑의 나침반

아침의 상쾌한 공기를 마시며
눈부신 오전의 햇살을 받는 그대는
어떠한 길로 가고 있는가요
매일의 삶의 의미를 살피고
한 걸음씩 나갈 수 있다면

정해져 있는 대로 움직일 수 없는 삶이기에
나는 알 수 없는 길을 향해
오늘도 열심히 달려가고 있습니다
내가 살아가는 삶에도 나침판이 있다면
얼마나 좋겠는가?

세상의 수많은 세파와 맞닥뜨리게 될지라도
항상 나를 위해 진심으로 기도하며
사랑을 담아내는 이가 있기에.
나는 잘 헤쳐 나갈 수 있으리라.

날마다 잊어버리는 길을 통해
"사랑해"라는 당신의 영혼의 나침반
그 한마디로 길을 잃지 않고 노력합니다
눈물겹도록 듣기 좋은 "사랑해" 한마디
늘 좋은 행복한 미소가 흐르는 나침반

고맙습니다, 그리고 나도 많이 사랑합니다.

미련 2

그대 떠난 뒤에 눈물이 마르지 않을 때
피지 못한 한 송이 꽃봉오리 열지 못해
가슴 한 편 언저리는 한없이 젖었습니다

그대 떠난 자리 마지막 남은 눈물방울
아직도 혼자서 남아있는 봄은 다가서지 못해도
흐르는 세월에 조금씩 마음을 열려고 하고 있습니다

먼 훗날 내 사랑이 눈물의 강이 되어 그대 옆을 흐른다면
지난 시절 곱던 추억 잊지 않고 기억하고 잊지 않고 있다면
그리고 작은 종이 편지 한 장 띄워 줄 수 있다면......,

사랑하는 당신이여!
긴 세월 당신 사랑에 그리워 눈물로 보낼지라도
결코 미련에 울지 않고 그대 가는 길 앞서가서
어두운 하늘 열고, 맑은 햇살 비추어 밝히겠습니다.

내가 쓰는 시는~

사랑의 누에는 어둠의 실을 뽑아서 쓴다
온몸으로 밤을 새우고 햇빛의 눈부신 부분을 선택한다
그리고 고독하다, 또 붙이 탄다

때론 느낄 수 없고 만질 수 없는 사랑의 색채까지도
하나의 몸짓은 또 다른 슬픔을 잉태하고
매일의 벌거숭이의 나무가 된다

그리고 마침내 환희에 싸여 붓을 든다
전인미답의 땅에 이르러 그 혼신의 열정은 어둠 속에
찬란한 지평을 열고 꿈틀거리고 비로소 성취한다

벌거숭이의 붙이 되어서 탄생한다.

사랑의 본질

진실로 우리가 사랑한다면
우리가 함께 지금까지 겪었던 슬픔과 고통
그 모든 것을 끌어안을 수 있어야겠지요

하지만 서로가 노력하지 않으면
아무것도 줄 수도 받을 수도 없는 것입니다
서로를 가장 사랑해야 할 때는 편하고 좋을 때가 아닙니다

세상에 지치고 힘들어할 때
그 사람이 하던 일에 실패해서 낙심할 때
세상에서 상처받고 실의에 빠질 때

절망에 빠져 의지할 곳도 기댈 때도 없을 때
패배의 구렁텅이에서 벗어나지 못할 때
그런 때야말로 사랑이 진정 필요한 것입니다

진실한 사랑은 물질이 아니고 힘도 더욱 아니겠지요
"여보 당신 할 수 있어 난 당신을 믿어" 이 한마디가
진실로 사랑이고, 세상을 헤쳐 나가는 에너지입니다

참으로 사랑은 위대하고, 귀한 값진 무엇으로도
바꿀 수 없는 소중한 진실이고
이러한 사랑이 진정한 사랑의 본질입니다.

그리움의 의미

사랑은 다가올 때 소리 하나 없이 왔다가
갈 때도 소리 없이 떠나가지만
남아있는 나의 가슴엔 아픈 상처만 남았습니다

살아가면서 많은 것이 세월 속에 묻어지고
그 기억들이 잊힌다 해도 그대와의 좋았던 날들만은
가슴에 추억으로 남겨두고 싶습니다

헤어진 뒤에라도 잊힌 뒤에라도 그대 소식 알고픈 사람
세월 많이 흐른 뒤에라도 그대가 내 소식 물어준다면
기다림에, 그리고 그리움에 지친 내 마음이 조금은 위로가 되겠습니다

지금은 헤어져 이렇게 가슴 아파하지만
먼 훗날 그대가 바람결에 내 이름 석 자 기억해 준다면
당신은 참으로 고운 좋은 그런 사람이었다고 말하겠습니다

참으로 당신을 사랑하고 지금도 그리워하고 있다고
훗날 당신을 만난다면 숱한 외로움과 그리움에 지친
가슴을 내어 보이겠습니다.

석양은 저물고

서산에 지는 석양은 붉은 눈물 적시고
저물어가는 달빛의 차가운 공기의 흐름을
이제서야 느껴지는 것은 왜일까

뜨거운 차 한 잔의 온기조차도
나를 달래기엔 부족하기만 한데
아직도 너를 그리워해야만 하는가

어깨를 움츠리게 하는 셔츠 사이의 밤바람 시샘
아름다운 석양을 즐길 사이도 없이
또 하루를 접는 길목에서 너를 생각나게 한다.

너무도 멀리 있어 보고픔이 더 애타서인가
너무 일찍 떠나는 아쉬움에
눈물은 서리가 되어 새로운 아침을 기다려진다

그리운 임 떠난 겨울을 멍하니 되돌아보면
떠나는 겨울은 아직도 하얀 눈을 타고
대지에 부서지고 말 없는 대지는 울고 있습니다

아! 그리운 사랑이여
석양은 저물어 차가운 달빛 흐르는 밤
그대가 더욱 그리워지는 밤입니다

그대를 위해 쓴 시

우연이 아닌 어느 날 운명으로
선뜻 내 앞에 선 그대를 보았습니다

분홍빛 볼에 수줍음 담은 그대의 모습은
가을 파란 하늘로 날아오르는 파랑새처럼
바람에 나부끼는 코스모스의 순수함 그 자체였습니다

그대 그리워하는 하루, 하루가 일상이 되어 버렸습니다
그대를 생각하면 숨 쉬는 것조차 행복했고
꿈속에서도 온통 그대 모습만 아련합니다

그대를 생각하며 잠 못 들어 하던 숱한 밤들입니다
때로는 외로움에 지쳐 울기도 했습니다

사랑하는 그대여!
당신이 오시는 길목에 고운 화초 심어 놓고
솔향기 그윽한 술 한 잔에 사랑의 시 한 편 바칠 수 있다면
그보다 더한 기쁨이 어디 있을까요

당신을 사랑하고 기다리는 것이 나의 운명이라면
이 생명 다하는 날까지 기다리겠습니다
내 목숨을 백 번을 주어도 아깝지 않을 그대
사랑하는 당신을 위해서라면……,

사랑 그것은 2

당신의 사랑한다는 고백의 말에는
울림이 있고 선율이 있고
심금을 울리는 감동이 살아 있어
나의 마음을 설레게 합니다

사랑한다는 말은 황홀하고
푸른 꿈이 있고
언제나 밝은 미래와 희망이
살아 숨쉬기 때문이겠지요

당신의 그 한마디에
온 세상을 얻은 것 같은 이유는
그것이 바로 사랑의 매력이기 때문입니다

당신의 사랑한다는 말에
어쩔 줄 몰라 마음이 흔들리고
영혼이 맑아지는 것은
나도 그대를 사랑하는 것이겠지요

사랑한다는 말은

이 세상의 어떤 언어보다 향기롭고

서로의 마음을 확인하는 아름다운 언어입니다

당신의 가슴으로 전하는 그 한마디는

나의 영혼을 울리는 힘이 있고

마음과 마음을 타고 흐르는 감동이 있기 때문입니다

당신이 내게 주는 사랑이란 단어는

우리의 가슴을 하나로 묶어주는

소중하고 귀한 가슴속의 설렘이라는

이유가 존재하는 것이겠지요.

비 오는 날이면

비 오는 날 오후
당신이라는 한 사람을 만났습니다
그리고 또다시 비 오는 오후에
그 사랑은 나에게 멀어져 갔습니다
떠난 당신은 항상 외로운 나에게
사랑을 알려주고 가버린 당신입니다

비 오는 날이면
문득문득 사무치는 그리움
한없이 가슴이 젖어 오지만
당신이 나를 진정 사랑했는지 모르지만
사랑했다고 믿고 싶습니다

아니면 떠나간 당신 외에는
내게 남는 추억도 없을 테지요
그저 멀리서라도 바라볼 수 있는
행복이면 족하다고 생각했지만
때로는 원망스러움도 있습니다

너무도 사랑했고 그 긴 추억에 몸부림치지만
잊히지 않는 사랑의 굴레에서
그리움에 젖어 길고 긴 외로움 되어
이처럼 비 오는 날이면
그대의 따뜻한 사랑이 많이도 그리워지는 날입니다.

이별 연습

사랑은 수많은 아픔을 그 대가로 치르면서도
미리 짐작한 이별을 준비하면서
조금 덜 아파지려고 그렇게 이별을 준비한다

그 이별의 내일 또한 큰 아픔이라는 것을 알기에
상처받지 않으려는 몸부림으로 이별 연습을 한다
하지만 가슴에 핀 모닥불도 꺼지지 못한 채로

사랑이 아픔이라는 것을 알면서도 짧은 순간을 위해
우린 사랑이란 감정을 다시 시작하고 있다
그러나 이별의 아픔은 수만 번의 연습으로도 해결이 되지 않는 것을

밤새 이별의 모진 마음으로 밤을 밝혀도
새로운 날이 오면 그대 모습 그리워하며
나는 오늘도 그대 찾아 헤매는 노숙의 별이 되고 있다.

새봄이 오면 그리운 사람

보고 있어도 보고 싶고 그립다 말할 수 있는 사람.
내 속마음 다 말할 수 있는 그런 사람이 당신입니다

속으로 감춰진 마음의 아름다움을 귀하게 생각하는
마음 착한 당신이 보고 싶습니다.

당신은 눈처럼 희고 맑은 사람입니다
겉으로 보이는 화려함보다 마음이 소중한 당신입니다

꾸미지 않아도 있는 그대로의 당신의 모습이 더 곱고
속마음이 더 깊은 사랑을 가진 당신입니다

자신보다 남을 더 걱정하고, 배려하며 양보하면서
늘 여운을 두고 이해심 많은 당신이 그립습니다

겨울이 가고 새봄이 오면 봄날을 무던히 좋아하는
그대가 많이 그립습니다, 우리가 만나 사랑을 나누던
계절도 봄이었지요, 그립습니다! 많이

당신에게만~

새봄에는 그대가 원하는 사람이 되었으면 좋겠습니다
사랑하는 당신을 위해 늘 향기로운 웃음을 띨 수 있는
그런 사람 말입니다.

제일 먼저 시냇물 흐르는 물소리를 편지로 띄워주고
제일 먼저 피는 꽃의 향기를 그대에게 보내주고
맑은 하늘 흰 구름 떠 있는 상쾌한 하늘을 전해주고 싶습니다

새봄에는, 아무리 멀리 있어도 보고 싶었다며 달려오는 사람
당신의 가슴에서 그렇게 사랑으로 지켜진 이름이고 싶습니다
늘 들꽃 같은 싱싱한 향기로 다가오는 그런 사람 말입니다

이 봄 아지랑이 은은한 산책길 당신과 손잡고
옛이야기 나누며 은은한 차 빛깔의 고운 사랑 나누고 싶습니다
사랑하는 당신에게, 피어나는 사랑의 봄 향기를
오직 당신에게만 전하려 합니다.

이별

홀로 앉은 마른나무의 그림자처럼
고왔던 추억, 그리고 사랑이 사라지고

소슬히 부는 바람결은 그대 향기 담고 휘도는데
이미 타인이 되어 떠나간 그대는 어디에

계절은 때마다 홀로 울며 돌아오지만
나도 모르게 흘러내리는 눈물 한 방울

잎새의 짙은 녹음 어느새 낙엽이 되어 떨어지면
또다시 하나의 어린싹을 피우겠지

저 하늘의 별빛은 또 다른 그리움을 안고
외로운 빛살 뿌리는데 내 사랑은 이렇게 사라졌구나.

잊어야 할 기억

밤새 별이 떨어진 간이역에서
마지막 열차를 기다리며
그대를 기다렸습니다
그대에게 다가가는 길이 멀다고 느낄 때
마지막 열차는 내게 다가오지 않았습니다

내 가슴에 담아 두었던 그대를
사랑한다는 사실만으로
사랑은 더 이상 존재하지 않음을 깨달았습니다
혼자만의 고개 숙인 사랑으로
매일 밤 그대 앞에 고백도 했습니다

그대에게 가는 마음 한결같지만
나에게 돌아오는 것은
늘 외로움과 기다림 뿐이었습니다
오히려 당신이 날 더 그리워하고 나보다 더
나를 사랑했었다면......,

이제 그대 향한 모든 것은
잊어야 할 기억이 되었으면 좋겠습니다.

그대가 그리울 때

그대가 그리우면
떨어지는 낙엽의 소리 다가오고
머무는 바람 소리 귓전에 앉아
당신의 향기로운 숨소리 같이 속삭입니다

내 마음 그대의 마음 밭에 가노라면
밤하늘의 창공은 그대의 마음
나는 그대의 품속에 빠지고 맙니다

나는 그대의 가슴속에 키우는 사랑 나무 하나 되어
밤하늘 스쳐 가는 바람보다도
난 당신의 가슴속 하나의 별이 되고 싶습니다

그대를 사랑하는 마음 그리움으로 끝나지 않고
그리움 삭이고 삭아서 그대가 한없이 그리울 땐
나는 오늘도 별이 되고 흐르는 바람이 되어
깊은 밤 허공에 메아리로 남는다.

내일을 열면서

흘러가 버린 어제와
새로이 다가오는 오늘 그리고 다가올 내일
어제 같은 오늘이 아니길 기다리며
오늘보다 나은 내일이 되기를 소망합니다

하루가 너무 빨리 사라지기에
너무 바쁘게 살고, 변화 많은 세월이기에
그저 누릴 수 있는 조금이라도 평화로운
작은 마음의 여유를 바랄 뿐이다

어제보다 더 행복한 오늘이 있고
오늘보다 더 행복한 내일을 기다리며 살아가는 것
이것이 인생의 삶의 궤적이 아닌가
그리고 작은 마음의 여유로움이 있다면......,

살아온 날보다 남은 날이 부족하기에
아직은 이 세상은 아름다우며
언제나 사랑할 수 있는 마음을 갖고 있어서
잠시 쓸쓸해지는 나를 발견하더라도 슬프지 않다.

살면서 다듬어진 조금은 여유로운 마음이 있기에
때로는 눈시울이 시려 흘릴 눈물이 있어도
지금 나는 슬프지 않다, 또다시 다가올 내일이 있기에......,

사랑은 시를 만들고
제2집

염규식 제2시집

2022년 10월 12일 초판 1쇄
2022년 10월 14일 발행
지 은 이 : 염규식
펴 낸 이 : 김락호
디자인 편집 : 이은희
기 획 : 시사랑음악사랑
연 락 처 : 1899-1341
홈페이지 주소 : www. poemmusic. net
E-Mail : poemarts@hanmail. net

정가 : 15, 000원
ISBN : 979-11-6284-397-0